공중 그늘
집

* 이 도서의 국립중앙도서관 출판시도서목록(CIP)은 e-CIP홈페이지(http://www.nl.go.kr/ecip)와
국가자료공동목록시스템(http://www.nl.go.kr/kolisnet)에서 이용하실 수 있습니다.
(CIP제어번호: CIP2016013810)

공중 그늘 집

윤순례 소설

은행나무

* 차례

사바아사나

나는 죽어서 관에 들어간 송장 같은 자세로 누웠다. 아주 편안한 상태로 방바닥에 등을 대고, 다리는 골반 너비 정도로 벌리고, 양팔은 몸에서 떼어 늘어뜨리고, 손바닥은 하늘을 향하게 하고, 숨을 깊이깊이 들이쉬고……

내 몸이 푸근하고 보드라운 뭉게구름에 말려 몽실몽실 날아갔으면 싶다. 사바아사나…… 소리의 고요한 울림이 나를 정말 사바세계에 데려가주었으면……

'사바아사나'는 요가 '송장 자세'의 산스크리트어 이름이다. 잠시 죽어서 모든 것을 내려놓은 심신의 평온을 누리는 행법. 그러니 지금 이 순간, 이국의 낯선 호텔방에서 내게 다른 선택이란 게 있을까?

감은 눈 속으로 들이차는 어둠에 대고 나는 속삭였다. 괜찮아. 몸뚱이에서 팔뚝이 떨어져 나간 것을 모르고 다닌 것도 아니잖아.

남의 가방이라도 들고 내릴 정신은 있었잖아. 여권 들어 있는 손가방 잃어버리지 않은 게 어디야…… 끝없는 중얼거림만이 내가 할 수 있는 일의 전부였다. 괜찮아…… 정말 괜찮아…… 여행 가방을 열자마자 모양과 크기가 제각각인 색색의 컵들이 쏟아졌을 때의 놀라움이 조금씩 사그라졌다.

여행 가방이 바뀐 것을 안 것은 쿠엥카 구시가를 마주 보는 지점에 별 세 개짜리 호텔을 얻고서였다. 베이지색 체크무늬 캐리어는 색깔과 모양과 크기가 같았지만, 한눈에도 내 것보다 낡고 허름했다. 상표 역시 정품인 내 것을 흉내낸 가짜였다.

가방이 무겁다고 느낀 것은 마드리드 역을 나와 쿠엥카 행 시외버스에 오르면서였다. 올케언니가 이것저것 넣을 때 말렸어야 했다고, 잠시 후회했다. 한국에서 엄마가 보내준 곶감과 커피믹스 등을 넣으면서 올케언니는 해방감을 느끼는 듯했다. 어느 날 갑자기 시누이가 여행 가방 들고 덜렁 나타나 기약 없이 방 하나를 차지하고 있다면 누구라도 보일 반응이었다. 이왕 스페인까지 왔으니 여행이나 하고 가겠다는 내 말을 올케언니는 화들짝 반겼다. 아가씨, 잘 생각했어요. 요즘 세상에 연애하다 찢어졌다고 세상이 뒤집히나? 넓은 세상 다니면서 훌훌 털어내요. 스페인이 우리나라 땅의 다섯 배가 넘는다지만 주재원 부인들 모이면 바르셀로나가 손바닥보다 좁다 싶어요. 나는 올케언니가 생략했을 '나이 찬 처녀가 하루이틀도 아니고……'는 머릿속으로만 굴렸다. 무작정 집을 떠나온 것이 조금 후회되었다. 뒤이은 내 말은 진심이었다. 뭐든 조심해야겠네요. 다들 나중에 한국 돌아갈 사람들이잖아요.

올케언니에게 국제전화를 걸어 구구절절 내 실연 소식을 전한 엄마를 탓할 마음까지는 없다. 엄마는 이 기회에 내게 어학연수라도 시켜볼 욕심으로 장황한 넋두리를 늘어놓았을 것이다. 스페인 생활에 유들유들해진 올케언니라면 이곳에서 내 신랑감도 구해볼 수 있을 것이라는 게 엄마의 계산이었다.

나는 방바닥에 등을 붙이고 누운 몸을 억지로 일으켰다. 쓴 커피를 꿀꺽, 꿀꺽 마시고 싶다. 방 한쪽에 눕힌 캐리어 쪽으로 엉덩이를 밀며 느릿느릿 다가갔다.

올케언니는 내 여행 가방에 블랙커피를 넣으며 말했다. 아가씨, 쓴맛을 봐야 인생을 아는 거야. 실연 따위에 진정한 쓴맛씩이나 배어 있나 어디. 그냥 이 기회에 좋은 곳들 구경하고 와요. 시집가서 애 낳고 살아봐. 차 타고 삼십 분만 나가면 열 손가락 안에 드는 명소가 있어도 못 봐.

내가 잘못 들고 온 캐리어 속에는 커피는커녕 휴대용 티백 하나 없다. 그런데 이 많은 컵들은 뭐란 말인가?

내가 들어올리다 떨어뜨린 누런 서류 봉투 속에서 우수수 쏟아져 내린 것은 엽서들이었다.

희야!
내일은 아빌라로 갈 거야.
행인이 기우뚱거릴 정도로 바람이 세찬 곳.
김이 모락모락 오르는 커피잔을 감싸안고 시베리아의 눈처럼
휘몰아치던 바람을 맑게 바라보던 너는 어디에 있니……

차를 몇몇 시간을 타고서라도 내일은 꼭 아빌라에 갈 거야.

필요한 순간이 오면 장소에도 사람에게 하듯 정중하고 예의 바르게 이별을 고해야 하는 법이지.

엽서 위의 검정 볼펜 글씨들은 작고 동글동글하다. 비행기를 타고 열 시간 넘게 달려온 이국의 낯선 방에서 만난 한국어가 반갑다. 주인을 찾을 수 있는 단서가 있을 듯싶다. 나는 엽서들을 한 장씩 들어올려 대강대강 훑어내렸다.

한꺼번에 모아 우편으로 보낼 작정이었을까? 많은 엽서들의 주소란은 모조리 빈칸으로 남아 있다.

*

몇 시나 되었을까? 청바지와 후드티를 입은 채의 낮잠이 깊지는 않았다. 설핏 든 잠에서 깨어 사방을 둘러보았다. 벽에 붙인 침대 하나와 책상이 나란히 붙어 있는 작은 방. 나는 화장실과 침대 사이의 기다란 통로를 느릿느릿 걸어 창문을 열었다.

건너편 절벽 위의 집들이 현실 너머의 것인 양 펼쳐져 있다. 울긋불긋한 우산들이 다리 위에서 춤을 추듯 하늘거린다. 산책을 나선 연인들일까?

세계문화유산들이 몰려 있다는 구시가로 가려면 강 위에 아찔하게 걸려 있는 오래된 산파블로 다리를 건너야 한다. 흔들림이 심하다는 다리의 난간 틈에는 긴 세월만큼의 자물통들이 주렁주

령 매달려 있다고 했다. 사랑의 약속을 자물통에 가둔 연인들은 열쇠를 다리 아래 우에카르 강 속으로 던진다던가? 언약한 사랑이 누구의, 무엇에 의해서도 풀리지 않기를 바라며……

감기는 차도를 보이지 않았다. 간밤 내내 기침에 시달렸다. 감기약은 내 여행 가방에 있었다. 낯선 곳들로 몸을 끌고 다닐 엄두가 나지 않아 이곳에서 삼일을 더 머물기로 했다. 아침에 호텔 라운지로 내려가 숙박비로 백오십 유로를 지불했다. 고령의 노인은 돋보기 너머로 내 얼굴과 백 유로짜리 지폐를 찬찬히 살폈다. 담요를 한 장 더 달라는 내 영어를 그는 알아듣지 못했다. 어제 내게 방을 안내했던, 영어를 구사하는 청년은 언제 오냐는 질문의 답도 들을 수 없었다. 나는 묵묵히 계단을 올라왔다.

마지막으로 감기약을 먹은 게 바르셀로나 람블라스 거리에서였다. 하몽이 유명한 식당에 들어가 와인 대신 물을 시켜 남은 약을 다 털어넣었다. 도진 감기의 뒤끝은 고약스러웠다. 떨어졌다가 달라붙으며 갈팡질팡거리는 놈의 작태가 꼭 T의 환영 같다. 애당초 감기를 얻은 것부터가 비오는 날 밤에 T를 찾아갔기 때문이었다.

요가 동호회 사이트 '한줄수다'에서 웨딩드레스 가봉 때문에 학원을 빠진다는 나영의 글을 읽은 날, 내 몸이 부들부들 떨렸다. 나영은 '몸과 마음의 매듭풀기' 프로그램은 동영상으로라도 꼭 보고 싶다고 써놓았다. 나는 쉴 새 없이 장대비가 쏟아지던 속을 뚫고 T의 아파트로 달려갔다. 디지털도어록의 비밀번호가 바뀌어 있었다. 말없이 쳐들어간 게 처음인데도 나를 경계한 처사라는 의심을 거둘 수가 없었다. T의 아파트로 들어가는 길목 옆에 있는 놀이터에 서서 무작정 T를 기다렸다. 으슬으슬 한기가 돌았다. 굵은 빗방울을 막아내지 못하는 우산을 들고 서서 쉴 새 없이 중얼거렸다. 웃는 것도 예쁘고, 볼이 미어터지게 음식을 몰아넣고 씹는 것도 예쁘고, 앞자락에 쿠키 가루를 질질 떨어뜨려가며 먹는 것도 예쁘다고 했잖아…… 나만 보면 미친놈처럼 실실 웃음이 나온다고 했잖아…… 늙어서는 왕벚꽃 휘황한 강가에 별장 짓고 숭어, 민어 낚아 올려 끓인 매운탕으로 저녁을 먹고 마당에서 개밥별을 보며 잠들자고 했잖아. 나와 함께가 아니라면 그 모든 것들이 다 의미 없다고 해놓고서……

질긴 집착의 결과물인 감기가 떨어지면 내게서 T가 사라져갈까?

그날, 빗속을 달려 T를 만나러 가는 대신 '몸과 마음의 매듭풀기'에 참석했어야 했다. 몸을 통해 맺힌 마음까지 풀어내는 집중 심화 프로그램은 내게 필요했다. 그즈음 나는 한밤중에도 잠을 자다 벌떡벌떡 일어났으며, 시시때때로 등줄기에 열이 솟구쳐올랐다. 한순간에 몸이 바싹 타버릴 것 같은 공포에 시달렸다. 요가를 통해 몸을 풀고, 몸을 바라보고, 몸을 느끼고, 몸의 매듭을 발견하고, 몸의 매듭과 대화를 해야 하는 사람은 웨딩드레스를 맞추기 위해 바쁜 나영이 아니라 나였다.

짧은 농담 같은 것이었을까? T와의 사랑은……

무심히 들고 온 T의 흔적들은 물리적인 조건들에 의해 하나하나 사라져갔다. 마드리드에 오기 위해 경유한 암스테르담 공항 검색대에서 빼앗긴 스킨과 로션 역시 몇 달 전 T에게서 받은 내 서른 번째 생일선물이었다. 미안하지만 백 밀리미터가 넘는 액체가 담긴 유리병은 반입할 수 없다고 말하는 공항 직원의 입을 물끄러미 바라보며 나도 모르게 중얼거렸다. 미안할 것 없어요. 진작 버렸어야 했어요.

*

희야!

나는 지금 사라고사 역 3번 플랫폼에 서 있다. 마드리드에 가기 위해.

오래 기다리고 있을 수 없어 터무니없이 비싼 초고속 열차표를 끊었다. 일반 기차는 5시 25분에나 탈 수 있다.

초고속 기차로 마드리드에 가는 나라는 놈이 또 우주에서 불시착한 괴물처럼 여겨진다. 마드리드에서 누가 날 기다린다고.

희야, 내 머릿속에서 너는 아직도 마드리드 오래된 주택의 월셋방에 있다.

어디서든 까르르 웃음을 터트리고, 마리화나에 빠져든 고국의 유학생을 위해 밤새 기도를 해주던 너.

희야!

기억나니, 알마그로? 페루를 정복한 장군의 이름을 딴 도시.

지금 그곳으로 가고 있다.

알함브라라는 이름을 가진 마을의 빨간 집들을 막 지나왔다. 마른 벌판 너머의 하늘은 맑고 푸르다. 너 없이 맞게 될 알마그로 광장의 밤이 벌써부터 무섭다.

우리가 광장에 서서 싸운 건, 네가 페루 사람들은 알마그로를 싫어하겠다고 말하면서였지. 그래서 내가 말했지. 원정길에 따라나선 스페인 남성이 페루의 원주민 여성과 사랑에 빠져 낳은 아이들이 많고, 그들은 스페인을 아버지의 나라로 여기고 있다고. 그때 너는 남자들의 욕망을 이해할 수 없다고, 나라를 빼앗은 걸로도 모자라 여자들까지 차지하냐며 심하게 화를 냈지. 마치 그 자리에서 내가 페루를 정복하고 원주민 여자를 겁탈한 남자가 된 듯했어.

그날 밤 실컷 싸우고 나서 우리가 화해주로 마신 것은 이웃 마을 친촌의 특산품인 독주였지.

혀가 오그라들 만큼 독하고 뜨거웠던 술. 너를 향한 내 마음이 그렇게 독하고 뜨거웠는데, 넌 왜? 왜……

마드리드에서는 상상도 할 수 없는 싼 가격으로 연극을 볼 수 있다고 그날 너는 퍽 즐거워했어. 연극 도중에 목에 나방이 붙어서 돈 후안 역의 남자 주인공이 실제로는 대본에 없었을 제스처를 요란하게 했었지. 그가 예기치 않은 순간에 당황해 대사 한 줄을 건너뛰었다고, 네가 내 귀에 대고 속삭이던 그 순간, 나는 세상에서 가장 행복한 놈이었다.

무대 위의 조명을 보고 달려들었을 나방처럼 스페인에서 공부하고 싶다는 열망 하나로 무작정 낯선 나라로 뛰어든 내게 너는 든든한 힘이고 위안이었지.

똑같이 시작한 외국 생활에서 너는 뭐든 나보다 빨랐어. 이 나라 사람들은 야립인 기질이 있어 완전히 해가 떨어지고 나서야 저녁 식사를 한다고 말해준 것도 너였어.

저녁 늦게 알마그로 동상이 보이는 광장에서 어린 아들과 공놀이를 하는 스페인의 가장들 옆을 거닐 때 나는 그들이 조금도 부럽지 않았어. 언젠가는 나도 가질 수 있는 것들이었으니까.

오늘은 도토리만 먹여 키운 흑돼지로 만든 추로스를 사서 온종일 입에 물고 다녔다. 입에 물 한 모금 넘길 수 없는 내가 이리 질기고 딱딱한 음식을 물어뜯을 수 있다는 게 믿기지 않아.

희야!

온종일 에브로 강 주위를 배회하고 카페에 들어와 카페라테를 마시고 있다. 야외에도 테이블을 내어놓고 장사를 하는 대형 카페. 너와 함께 왔던 날은 색소폰 연주자가 바로 우리 테이블 옆에서 연주를 했지. 그날 네가 화답으로 부른 〈꽃밭에서〉는 지금도 귓가에 가물거려. 네 노래를 들으며 색소폰 연주자의 얼굴에 퍼지던 행복의 물결이, 지금도 내 몸에서 출렁인다.

아빠하고 나하고 만든 꽃밭에 채송화도 봉숭아도 한창입니다.
아빠가 매어놓은 새끼줄 따라 나팔꽃도 어울리게 피었습니다.

주말이야. 중앙 광장 쪽에서 몰려드는 사람들로 넘쳐나는 밤이 오고 있어.

커피는 진한 갈색 잔에 담겨 나왔어. 꼬리를 치켜들고 서로를 바라보는 두 마리의 새끼 고양이 그림이 귀엽다. 커피를 다 마시면 컵을 훔칠 거야.

내 숙련된 솜씨를 본다면 너는 혀를 내두를 거야. 에스프레소 잔을 가방에 넣던 그 옛날 너의 손길은 퍽 어설프고 불안해 보였지. 실은 이번이 처음이 아니야. 행복했던 시간들을 포착하기 위해서라며 에스프레소 잔을 훔치던 네가 떠올라서 무심히 해봤지. 내 가방에는 티스푼과 슈거통까지 들어 있어. 커다란 머그잔을 넣어도 표가 나지 않아.

내 카키색 점퍼에는 큰 주머니가 많잖아. 유학 시절 내내 입었던, 국방색에 가까워 군복이 떠오른다고 네가 좋아하지 않았던 그 점퍼.

그러고 보니 귀국해서도 나는 이 점퍼를 내내 입고 다녔구나. 네가 좋아하지 않았는데 왜 그랬을까?

희야, 예전에 우리가 앉아 모히토를 마셨던 창가의 둥근 테이블에는 배 나온 스페인 노부부가 앉아 있어. 서비스로 나온 비스킷을 먹으며 미소를 흘리는 그들을 오래 바라보았어. 대화도 없이 평온한 저들의 실개천처럼 잔잔한 웃음이 부럽다.

어쩌면 이 가방의 주인이 나보다 먼저 내 가방을 들고 내렸을 수도 있겠다. 내가 바르셀로나에서부터 타고 온 초고속 열차는 마드리드에 당도하기 전에 다른 역들을 거쳤다. 짐칸에는 크기와 모양과 색깔이 제각각인 여행 가방들이 차곡차곡 세워져 있었다. 가방을 빼낼 때 똑같은 가방이 있었다면 나는 주의 깊게 살펴 내 것을 들고 왔을 것이다.

기억이 난다. 열차 속에서 나는 차갑고 냉정하게 몸을 꼿꼿이 펴고 앉아 있었다. 스페인 중부의 메마른 땅이 끝없이 지나가는 창밖을 보면서 T에게 전화를 걸어야겠다고 생각했다. T에게 그동안 내 옆에 좋은 사람으로 있어줘서 고마웠다고, 진심으로 결혼을 축하한다고 말하고 싶었다. 카페테리아가 있는 칸에 국제전화를 할 수 있는 공중전화기도 있었다. 그러나 그것은 내 진심이 아님을 깨달았다. T가 좋은 사람으로 있었던 것보다 나쁜 사람으로 변해 내게 가한 상처들이 생생히 떠올랐다. 나는 맺힌 마음을 꽁꽁 싸안으며 자리에 꼼짝 앉고 앉아 있었다.

부질없는 추론이다. 가방이 어느 시점에 바뀌었는지를 안다고 무엇이 달라지나? 나는 바닥에 흩어져 있는 엽서들을 무심히 주워들었다.

*

여행 가방에서 꺼내놓은 컵들과 엽서들로 책상 위는 뒤죽박죽이다. 나는 엽서들 속에 묻힌 에스프레소 유리잔을 꺼내 올렸다. 주머니에 쏙 집어넣고 싶을 만큼 앙증맞다. 엽서 속의 희야처럼, 행복했던 시간을 간직하고픈 욕심이 아니더라도.

신시가에 내려가 사온 무선 주전자에서 끓고 있는 물을 에스프레소 유리컵에 부어 후후 불어가며 여러 잔 마셨다. 따뜻한 물이 들어가자 간헐적으로 터져나오던 기침이 멎었다. 오후 내내 쏟아져 내리는 비가 아니어도 불쑥불쑥 쓸쓸해지는 마음을 단속할 방도가 없었다. 시도 때도 없이 슬픔이 똬리를 풀었다.

마켓의 점원이 머리를 맑게 해준다며 권해준 띨라 티백은 머그
잔에 우려내 마셨다. 칠흑처럼 검은 머그컵은 엽서를 쓴 남자의
시간을 잡아두기 위한 것처럼 여겨진다. 나는 차가운 시간들을 몰
아내기 위해 머그컵을 움켜쥐며 밀쳐둔 엽서들 속으로 시선을 뻗
었다.

희야!
포도주로 먹고 사는 도시, 발데페냐스에 왔다.
지금 막 '돈키호테 주막'이라는 이름의 레스토랑에 들어와 까요
스 꼰 가르반소스를 시켰다. 한국의 감자탕 맛이라고 네가 호들
갑을 떨면서 맛있게 먹었지.
배가 불룩 나오고 유니폼처럼 보이는 검은 바지와 흰색 상의를
입은 중년의 사내는 방금 내게 혼자냐고 물으며 돌아갔다.
수년 전에 사랑하는 여자와 이 도시가 자랑하는 돈키호테를 찾
아왔었다고 말하려는데 속에서 울컥 뜨거운 울음 덩어리가 올
라올 뻔했다. 그가 나를 기억하고 물은 것도 아니었을 텐데.

희야!
방금 전 텔레비전에서 굶주림과 병으로 죽어가는 아프리카 아
이들을 보았어. 쇠꼬챙이처럼 가늘어진 손으로 흙빵을 먹는 아
이들을.
언젠가 수유리 내 전셋방에서 너와 함께 같은 장면을 본 적이 있
었어. 실연한 여주인공이 자살을 시도하는 드라마를 보며 네가

눈물을 짜고 있길래 내가 텔레비전 채널을 돌린 후였지.

너는 눈물방울을 매단 눈으로 앙상한 흑인 아이들을 바라보다가 말했지. 너와 내가 스페인에 유학 와서 뿌린 돈이면 아프리카 아이들을 다 구하고도 남았을 거라고.

그때 너는 유학생활을 마치고도 변변한 일자리를 구하지 못하고 빌빌대는 나라는 놈과 함께 있는 게 굶어 죽는 아프리카 아이들 처지보다 더 비참하다는 표정이었어. 비난의 눈길은 온통 나를 향하고 있었지.

물 한 모금 마실 기운도 없어 보이는 기아들을 보니, 또다시 내 비장한 각오가 두려워진다.

한동안 여관방 구석에 쪼그리고 앉아 꺼이꺼이 울었어.

내가 어떻게 너를······

희야!

마드리드 시내 뒷골목에 있는 오탈루에 들어왔다.

골목을 돌고 돌아 아랫길로 내려가면 매달 백팔십 유로를 내고 네가 유학 생활을 했던 집이 나온다. 대문도 그대로 있더라.

형제가 많아 동생들을 돌보다가 노처녀로 늙은 주인 할머니는 지금도 살아 있을까? 혁명 시절에 배고팠던 애기를 끝없이 늘어놓았던 이.

누군가 전기 쿠커를 켜놓고 나가 불이 날 뻔했다고 그녀가 밤새 구시렁거렸던 날, 나는 초저녁부터 네 방에 있었지. 집세 받는 것보다 전기세가 많이 나와 속상한데 이제는 집을 불로 홀랑

태울 작정이라고, 출신 국가가 달랐던 네 명의 유학생을 한 명씩
거론하며 그녀가 욕설을 퍼붓는 소리를 고스란히 들으면서.

그런데 넌 그 밤에 왜 그렇게 늦었니?

혹 그때부터 명훈이놈을 만났던 거야?

나는 왜 그날 너의 늦은 귀가를 따져 묻지 못했을까?

그날 너는 분명히 나와 도서관 앞에서 만나 함께 저녁을 먹기로
했어. 해가 저물 때까지 너와 연락이 안 되었고, 네가 약속을 잊
은 건 아닐까 싶어 나는 차를 잡아타고 네 월셋방으로 달려갔지.

난방이 안 되는 방에서 달달 떨면서 너를 기다렸어.

늙은 주인 할머니가 암묵적으로 정해놓은 밤 열두 시를 꼴딱 넘
기고서야 네가 돌아왔지.

네 몸에서 흘러나오던 술 냄새의 근원을, 너와 함께한 놈의 정체
를 그날 나는 기필코 캐냈어야 했어.

왜 새삼 지금에서야 그날 네가 명훈이놈과 함께 있었다는 육감
이 드는지.

이미 다 소용없어진 지금에서야 왜······

꽃도 없는 화분 서너 개가 옹기종기 모여 있는 마당이 까마득하
게 내려다보이는 오층의 이 오탈루도 너무 춥다. 그 옛날 네가
살았던 마드리드 시내의 옛집처럼······

*

하늘 멀리로 새떼가 먼지처럼 날아다니는 밖은 모든 것들이 작

동 스위치를 내린 듯하다. 비바람에 떨어져 내린 울긋불긋한 낙엽들을 밟으며 산파블로 다리 위를 거닐던 연인들도, 강가 벤치 위의 노부부들도 보이지 않는다.

올케언니는 스페인에 와서 제일 인상 깊게 본 게 다정하게 붙어다니는 노부부라고 했다. 한쪽이 지팡이를 짚고 있거나 비만으로 뒤뚱거려도 손을 꼭 붙잡고 가거나, 팔을 뻗으면 닿을 거리를 유지하며 걷는 그들이 우리나라의 노인들과 달라 신기했단다. 그들이 부부라는 것을 무엇으로 증명하냐는 내 질문이 없었다면 올케언니의 노부부 예찬론은 끝없이 이어졌을 것이다.

늙어 축축 늘어진 몸뚱이를 서로 의지하며 걸을 수 있는 사이라면 당연히 오랜 세월을 함께한 부부가 아니겠냐는 올케언니의 말을 듣던 날, 나는 또 깃털이 모조리 뽑혀나간 한 마리 새처럼 의기소침해졌다.

그동안 세상사에 방심한 것은 아닐까? 생각해보면 나영은 모든 면에서 옹골찼다. 결혼에 대해서도 구체적이었다. 육십 세까지는 무조건 경제적인 활동을 하겠다는 철칙도 있었다. 저녁 일곱 시 타임의 요가를 하러 오기 전에 스포츠센터에서 여덟 시간을 일하는 악착을 사 년 넘게 떨었다. 이른 아침에는 토스트를 만들어 대학병원 앞에서 파는 아르바이트를 하면서도 늘 생기가 넘쳤다. 대학을 졸업하고 아버지가 운영하는 찜질방에서 일하다가 지겨워지면 어학원을 다니겠다며 때려치우는 나와는 다른 기운이 나영을 감싸고 있었다.

T를 앗아간 것은 송장 자세를 하다 어이없이 빠져버린 내 잠이

아닐 수도 있었다.

아버지가 T와의 첫 만남을 위해 시내 오성급 호텔의 중식당을 예약해둔 날, 나는 '송장 자세'를 연습하다 깜빡 잠이 들었다. 약속 시간이 지나도 내려오지 않는 나를 데리러 T가 요가학원 삼층으로 올라왔을 때 나영이 녹차를 우려 T를 대접한 것은 나를 위한 배려였다고 했다. 몸을 다 내려놓고 천상의 세계에 몰입해 있는 나를 방해하고 싶지 않았다고.

내 상태가 잠에 빠진 것인지 완벽하게 사바아사나의 경지에 심취해 있는 것인지 나영이 몰랐을 리가 없다고, 그 와중에 녹차를 우려 T를 휴게실로 유인한 것은 의도적이었다고 나는 나영을 비난하며 몰아붙였다. 그 짧은 순간의 인연으로 T의 가슴에 나영이 나보다 더 깊이 새겨진 상황에 모두 부질없는 것이었음에도.

호텔 밖은 우기에 싸여 있고 도로는 흥건히 젖어 있다. 어둠이 한층 짙어지면서 축축이 비 내리는 소리가 들려왔다. 호텔방에서 심신을 졸이려고 이 낯선 곳에 오지는 않았다. 나는 우울한 낯빛으로 어둠에 묻히는 창밖을 쏘아보았다.

내일은 빗속을 뚫고서라도 구시가 수백 년 된 주거지 안으로 들어가봐야겠다. 길에 박힌 돌조각 하나까지 다 예술작품처럼 여겨진다는 길을 하염없이 걷다보면 축축해진 마음이 펴질까? 내 눈으로 보고 내 발로 밟고 내 손으로 만져보면 알 수 있을까? 금방이라도 무너져 내릴 듯 위태로워 보이는 건축물들을 오래 지탱해온 힘이 무엇인지.

쿠엥카 신시가는 비로 온통 질척거렸다. 밤거리의 카페들은 빗물이 뚝뚝 떨어지는 우산을 손에 든 이들로 번잡했다.

카페 벽에 걸린 텔레비전에서는 어제 스페인 북부 카탈루냐 지방에서 난 홍수에 대한 보도를 연속적으로 내보내고 있었다. 스페인 전 지역에 지금 비가 내리고 있다고 했다. 나는 카페 창으로 하염없이 쏟아지는 비를 내다보며 와인을 주문했다. 벌써 세 잔째였다. 술이 들어갈수록 몸이 무거웠다. 등받이가 딱딱한 나무 의자는 내가 허리를 곧추세울 때마다 삐걱거렸다. 어디에선가 끝없이 스며나오는 물비린내도, 어둑하고 흐린 조명도 참을 만했다. 그 모든 것들을 견디면서 내가 두 시간 넘게 한자리에 앉아 있는 이유를 알 수 없었다. 정체불명의 엽서들이 널려 있는 호텔방으로는 들어가고 싶지 않았다. 연거푸 마셔대는 술로도 걸러지지 않는 시퍼런 한기가 흘러나오는 추억의 질곡들……

벽에 붙은 테이블 하나를 혼자 차지하고 앉아, 피하고 싶은 것이 무엇인지를 막 알아낸 내게 다가오는 이가 있었다. 창을 등지고 앉아 있던 미국 남자, 그는 이미 내게 두 번이나 추파를 던졌다. 한번은 앉은 자리에서 미소로, 두 번째는 제 입술에 가져다 붙였던 손을 내게 보내는 것으로.

아름다운 아가씨, 오늘밤 그대랑 함께할 수 있는 행운을 얻고 싶은데……

술에 흔들리는 내 눈빛을 탐색하는 그의 눈을 바라보며 나는 고개를 저었다.

오늘밤 나는 이 나라 사람들처럼 여러 술집들을 전전하며 혼자 술을 마셔보고 싶답니다. 절대 방해받고 싶지 않지요.

그대가 너무 아름다워서 안타깝지만 마음을 접어야겠군. 방해되었다면 미안하구려. 온종일 내리는 비 탓이라오. 내 무례를 이해해주기 바라오.

신사로군요. 사과까지 바란 것은 아니랍니다.

나는 미소까지 지었다. 넘어질듯 휘청거리며 몸을 일으켰다. 그의 사과를 헛되게 하지 않으려면 한시라도 빨리 여러 술집을 전전하며 술을 마셔야 될 것 같았다. 까닭 없이 기분이 좋아지고 있었다.

스페인 사람들은 장소를 옮겨 다니며 술을 마신다는 사실을 안 것은 엽서의 글을 통해서였다. 엽서의 주인은 희야와 함께 마드리드의 술집들을 전전하며 밤새 술을 마셨다고 했다. 스페인 사람들이 그렇듯이 따빠 한두 개씩을 안주로 시켜먹으며.

*

취기로 몸을 비틀거리며 문 닫힌 상점들을 지나오는 동안 흩뿌리는 비로 몸이 축축해졌다. 높은 언덕 멀리로 왕궁 호텔의 불빛이 어둠 속에서 반짝였다. 그 부근 어디쯤에 있을 내 숙소를 가려면 대각선으로 길게 뻗은 횡단보도를 건너야 했다. 얼굴로 들이치는 빗물에 눈을 깜박이며 신호등의 불빛을 헤아리다 나는 도로 턱에 넘어지듯 주저앉았다. 취기가 밤바다의 파도처럼 밀려왔다.

많이 마셨어. 해 지기 전부터 술집에 있었잖아.

돌망태처럼 몸이 무거워 꼼짝할 수가 없었다. 나는 퍼질러 앉아 불빛이 바뀌는 신호등을 올려다보며 중얼거렸다.

많이 마셨다고. 이렇게 많은 술은 처음이잖아. 비 때문이야. 비. 잘못했어. 빨간불에서 파란불로, 파란불에서 빨간불로 신호가 바뀌는 것을 수차례 바라보는 동안 T와의 추억들이 스멀스멀 고개를 들었다.

거짓말이야. 어떻게 그럴 수가 있어?

나영을 사랑하게 되었다고, 나를 위해서라도 빨리 고백하고 싶었다는 말을 들은 날을 마지막으로 T를 더는 볼 수 없었다는 사실이 믿기지 않았다. 혹 내가 그리워 T가 불쑥 찾아올지도 몰라 대문 앞을 얼마나 서성였던가. T가 나 때문에 아팠다면, 고통이 한 점이라도 있었다면 지금의 나처럼 몸도 못 가눌 만큼 술에 절어서라도 한 번쯤 미친 척 나를 찾아왔어야 하지 않을까? 내 목소리가 그리워 오밤중에 전화라도 해대는 게 정상 아닌가? 새삼 믿기지 않아 소리를 내지르며 울고 싶었다.

또 한 번의 신호가 바뀌었을 때, 나는 가슴에 꼭 끌어안았던 가방을 몸에서 풀어놓았다. 운동화를 벗어 팽개치고 도로 바닥에 길게 몸을 펴고 누웠다. 숨을 헉헉거리며 송장 자세의 순서를 하나하나 떠올리며, 사바아사나를 반복적으로 읊조렸다.

바닥에 등을 대고 누운 상태에서 다리를 어깨 너비로 벌리고, 팔은 몸에서 한 뼘 정도 떨어지게 바닥에 내려두고, 손바닥은 하

늘을 향하게 하고, 눈은 감고, 다리의 힘을 빼고, 가슴과 팔의 힘을
빼고, 얼굴과 머리의 힘을 풀어주고…… 등짝으로 질퍽한 빗물이
스며들었다. 눈에 물기가 촉촉하게 베이는가 싶더니 이내 뺨으로
무엇인가 흘러내렸다. 그것이 눈물임을 안 순간 가슴 한복판으로
묵직한 통증이 지나갔다. 사바아사나…… 통증은 곧 몸을 울게 했
다. 나는 폭풍 맞은 버들가지처럼 목울대를 출렁이며 울었다.

추잡한 농담 같은 거였어. T와의 사랑은……

나영은 요가동호회 사이트에 T와 함께 살 신혼집의 사진들을
여러 장 올렸다. 앞베란다를 터서 거실을 넓게 만드는 리모델링
공사 때문에 바쁘고, 뒷베란다를 미니 정원으로 꾸며 그네를 설치
했다는 자랑도 늘어놓았다. 틈틈이 그네에서 독서를 하겠다는 나
영의 단꿈을 보며 내 등줄기로 제어할 수 없는 분노가 솟구쳤다.
그곳은 지난 몇 달 간 내가 드나든 공간이었다.

T의 서른 번째 생일선물로 내가 올봄에 심어놓은 꽃기린은 어
떻게 되었을까? 꽃대가 솟아 올라오는 모양이 기린과 닮은 꽃모
종을 사오던 날 T는 내게 영원한 사랑을 약속했다. 작고 귀엽게
조롱조롱 피어난 꽃잎이 다치지 않게 화분에 심는 내 몸을 탐하
다가 꽃기린의 몸체에 달린 가시에 찔리면서도 아픈 줄을 몰랐다.
항상 쌍으로 꽃이 핀다는 꽃기린의 키가 하늘을 뚫을 때까지 사랑
하자며 내 몸속으로 파고들었다.

모든 게 거짓말 같아. 꿈이라 해도 너무나 끔찍해.

T에게 나는 고향길 찾아가는 길에 잠시 스친 역이었을까?

"굿모닝."

언덕길을 내려오는 내 앞을 막아서는 이는 간밤에 내게 수작을 걸었던 미국 신사다. 버터기름이 골고루 잘 배인 듯 번들번들한 피부의 백인 남자. 입술 주위를 살짝 덮고 있는 그의 은빛 수염은 정갈하다.

"굿모닝."

억지로 짜낸 내 미소는 오래 머물지 않았다. 근방의 왕립호텔 파라도르에서 나오는 그와 마주치는 순간부터 부담스러웠다. 비 갠 틈을 타 구시가로 건너가보려고 나왔지만, 내 몸엔 아직도 감기 기운과 간밤의 취기가 남아 있었다.

청바지에 흰색 먼디를 입은 미국 신사에게서는 아직도 해소하지 못한 욕정이 뿜어져 나오는 것 같다. 서두르는 감이 느껴지는 보폭으로 나를 따라오고 있는 그가 성가시다. 그가 진한 커피와 어울리는 날이라며 성급히 쏟아낸 말은, 등 뒤로 우뚝 솟아 있는 왕립호텔 레스토랑 안에서의 식사 제안이었다.

파라도르의 명성이라면 나도 익히 알고 있었다. 스페인 정부에서 왕궁이나 유서 깊은 수도원 등을 리모델링한 최상급의 호텔. 올케언니의 꿈은 스페인을 떠나기 전에 빚이라도 내어 전국의 파라도르를 돌며 숙박을 해보는 것이다. 파라도르에는 입이 쩍 벌어지는 숙박비만큼이나 유구한 역사와 차원 높은 문화가 숨 쉬고 있다고 했다.

미국 신사는 해마다 아내와 함께 산파블로 다리를 지나 구시가의 골목들을 거닌다고 했다. 함께 오기로 되어 있었던 아내가 오지 못한 것은 시카고에 사는 딸이 예정보다 일찍 출산을 했기 때문이라고, 미국 신사는 연신 떠들어댔다. 남은 식사권은 아내 몫으로 예약했던 것이란다.

떨어져 내린 울긋불긋한 낙엽들로 꽃길 같은 도로는 밤새 내린 비로 미끄러웠다. 낙엽이 깔리지 않은 바닥을 골라 조심스럽게 발을 내딛는 내 뒤에서 미국 신사는 오래된 산파블로 다리에 대한 예찬을 끝없이 늘어놓았다.

쿠엥카는 햇살 쨍쨍한 날이라야 진가를 발휘한다는 그의 말을 들으며, 나는 우에카르 강 위로 높이 걸려 있는 산파블로 다리 너머를 시큰둥하게 바라보았다. 일명 '허공에 매달린 집' '불안정한 집'으로 불리며 이 불가사의한 마력의 도시로 세계인의 발길을 끌어당긴다는 14세기의 건축물 카사스 콜가다스가 험준한 언덕 위의 절벽에 아슬아슬하게 붙어 있었다.

오늘 이른 아침에 다리 위를 서성이는 동양인 남자를 보았다며, 미국 신사는 내게 어디서 왔느냐고 물었다.

"사우스코리아."

마지못한 내 대답에 미국 신사는 간밤에 들은 기억이 난다며 고개를 끄덕인다. 동양인 남자가 혼자 다리 위에서 서성인 것은 어제 해질 무렵부터였다고, 미국 신사는 청바지 뒷주머니에서 담배를 꺼내며 말했다. 위태로워서 더욱 위용이 눈부신 수백 년 된 건축물을 앞에 두고 나는 발길을 돌릴 마음을 먹었다. 미국 신사의 발길도 분명 그쪽으로 향할 본새다. _1_는 간밤에 호텔방에서 룸서비스로 시킨 와인을 마시다가 다리 위를 서성이는 동양인 남자를 봤는데, 함께 술을 마시자고 청하려고 갔을 때는 보이지 않았다고 했다. 곧 이어진 것은 커다란 유리창으로 산파블로 다리와 '카사스 콜가다스'가 한눈에 들어온다는 자신의 호텔방에 대한 자랑이었다. 그는 오늘밤 그곳에서 함께 와인을 마시지 않겠느냐고 내게 물었다.

"당신은 노인이 아니로군요⋯⋯"

나는 카페의 현란한 음악과 술추렴 속에서처럼 강렬하게 빛나는 미국 신사의 눈빛에 대고 그가 알아들을 수 없는 우리말을 느릿느릿 내뱉었다.

요가학파는 최후의 해탈과 가까운 곳까지 갔다고 생각되는 사람들을 '노인(old soul)'이라는 애정 어린 표현으로 불렀다고 한다. 간디도 노인으로 불리며 존경받았다던가.

신시가 쪽으로 발길을 돌리며 손을 흔들어 보이는 내게 미국 신사는 아쉬움이 가득한 웃음으로 화답했다. 지난날 분명 T에게서도 보았던, 욕망으로 번들거리는 저 눈빛에는 영혼의 무게가 몇 그램이나 들어 있을까?

*

희야!

왜 하필 그놈이었어?

돈 많은 부모 밑에서 거들먹거리며 살다가 스페인에서도 안달

루시아 여자와의 떠들썩한 연애 사건으로 학위도 못 따고 귀국

했던 놈을.

문과대 휴게실에서 놈이 겨우 엉덩이만 가린 스커트를 입은 안

달루시아 여학생과 볼썽사나운 짓을 하는 것을 너도 봤잖아.

희야, 네가 명훈이놈과 사는 것을 보느니, 네가 보는 앞에서 혀

깨물고 자살이라도 하고 싶었어.

명훈이놈 아버지가 차려준 어학원으로 네가 첫 출근 했던 날, 건

물 출입문 앞에서 너를 기다릴 때 내 몸에는 칼이 숨겨져 있었어.

검은색 볼보에서 네가 명훈이놈 부모와 함께 내리지 않았다면

회전문 앞에서 한바탕 쇼를 벌일 작정이었지.

그 순간 예기치 않았던 명훈이놈 부모의 출현으로 계획을 철회

한 게 잘못이야. 그보다 더 좋은 기회는 없었는데.

네가 마음을 바꿔 내게 돌아오지 않는다면 그 자리에서 목을 따

고 죽겠다고 생쇼를 했어야 했어. 그랬더라면 아무리 네가 탐나

는 며느릿감이라고 해도 그들이 마음을 바꿨을 거야. 목숨 걸고

사랑을 지키려는 남자가 있다는데 어쩌겠어. 그 정도 재력이면

너 아니라도 줄 서 있는 며느리 후보감들이 많았을 텐데.

희야!

곰곰 생각해보면 다 후회스러워.

귀국에 앞서 우리가 마지막 여행을 갔을 때, 너는 분명 명훈이놈

과의 관계를 털어놓으려고 기회를 보고 있었어.

함께 중남미문학을 공부했던 알누도가 선물로 순 호텔 숙박권으로 라만차 지역을 여행하게 되었을 때.

여행을 준비할 때는 네가 시큰둥해 있는 것을 눈치채지 못했어.

벽난로가 있던 통나무집의 호텔은 정말 근사했잖아. 너와의 멋있는 밤을 위해 나는 근방에 나가 마른 나뭇가지를 한아름 안고 왔지.

너를 즐겁게 해주기 위해 불속에 던져둔 감자와 통마늘을 찾기 위해 눈이 벌게져 있는 내 옆에서 너는 기회를 엿보고 있었지. 불속을 헤집을 때마다 튀어오르는 불씨와 매운 연기 때문에, 나는 네 입에서 어렵게 나온 말을 파악하지 못했어.

우리가 함께 보내는 여행은 이것이 마지막일 거야…… 그게 무슨 말인지 몰랐다고, 나는 정말. 생각할수록 가슴을 치고 싶다. 네게 잘 익은 감자를 먹이고 싶은 마음이 소금만 널했어도 알아차렸을 거야. 그 말이 스페인에서의 여행을 뜻하는 게 아니라 영원한 이별을 통보하는 것임을.

왕년의 유학파 선배들과 모인 동창회 귀국 파티에서 명훈이놈이 네 옆에 착 달라붙어 있는 것을 보기 전에 모든 사태를 파악했더라면 내 안에 잠자고 있던 악마가 한순간에 빗장을 풀고 나오는 일은 없었을 거야. 그즈음 너는 국내의 한 대학에 강의를 나가느라 얼굴 한번 제대로 보기 힘들었지. 아니 귀국해서 내내 그랬어. 너는 수도 없이 많은 핑계를 대며 나를 멀리했어.

서로의 상처를 최소화하기 위해 좋은 방안을 모색하다가 그 지경에까지 이르렀다는 네 변명 또한 의미가 없었지.

그날 내가 선배들 앞에서 명훈이놈을 작신작신 뭉개주고 나왔다면, 너를 쫓아다니며 고통을 주는 일은 일어나지 않았을까?…… 무르익은 술자리를 꼬리 내린 개처럼 빠져나와 나는 밤새 네 전화를 기다렸지.

하루 이틀 사흘…… 오지 않는 너를 기다리며 일말의 희망을 버리지 않았어. 네가 당장 달려와 내게 용서를 빌지 않는 것은, 명훈이놈과의 이별을 고심하고 있기 때문일 수도 있겠다고.

분을 참다가 네 고모네 집으로 쳐들어갔을 때, 네가 명훈이놈과 옥탑방에 단둘이 있지만 않았어도 우리에게 끔찍한 일은 일어나지 않았을거야.

희야!

미친 짓을 그때 벌였더라면…… 아 정말 그랬더라면…… 그날 밤 내가 네 뒤를 밟아 네 머리를 사정없이 돌담벽에 짓찧어 뭉개놓는 일은 일어나지 않았을 거야.

너를 끌고 외진 골목길 안으로 들어갈 때부터 내 눈은 뒤집혀서 무엇도 보이지 않았어.

네가 길바닥에 쓰러졌을 때만이라도 내 이성이 돌아왔더라면……

그러나 병원에서 네가 뇌에 심한 손상을 입어 자율신경계에 이상이 생겼다는 말을 들으면서도, 반신불구로 지내야 한다는 말을 들으면서도 나는 제정신이 아니었어. 그 순간 나는 이제야말로 내가 편한 잠을 잘 수 있게 되었다고, 우리의 사랑이 영그는 속에서 비가 오는 것도 꽃이 지는 것도. 바람이 부는 깃도 모두가 아름다웠던 예전으로 돌아오게 되었다고 승리의 축배를 들고 싶었으니까.

기억을 관장하는 부분까지 파손되어 네가 나까지 알아보지 못하는 사태를 접하고도 나는 이미 넋이 나가 있었기 때문에 네게 수만 번 속죄를 해도 소용없다는 것을 알지 못했어.

물리치료실이 있는 병동 마당에서 휠체어에 앉아 해바라기를 하는 네 멍한 시선이 내 얼굴을 향하고 있는 것에만 감사했지.

이제 와서 이런 말이 무슨 소용 있겠냐만, 골목 안으로 너를 끌고 간 것은 네 몸에 해를 입히기 위해서가 아니었어. 너를 달래서 참혹하게 짓뭉개진 우리의 사랑을 되살리고 싶었지. 네가 꿈도 미래도 없었던 나와의 세월을 진작 솎아냈어야 했다는 말만 하지 않았더라도……

희야!

네 고모가 나를 고소하려고 알아보고 있다고, 병실의 간병인들이 쑤군거리는 말을 엿듣지 않았다면 너를 두고 이렇게 멀리 도망오지는 않았을 거야. 그날도 너는 햇볕이 따사롭게 내리쬐는 병원 담벼락 밑에서 아이처럼 웃고 있었지. 침이 줄줄 흘러내리는 것도 알지 못한 채.

정신은 그때 차렸어야 했어. 담벼락을 돌면 난간이 험한 계단이 있었는데. 다른 병동으로 가는 건물로 이어지는 계단. 그곳에서 너를 안고 아래로 뛰어내렸다면……

오늘밤은 수면제로도 잠을 불러올 수 없을 것 같다.

비노를 벌써 다섯 잔째 비우고 있다. 예리한 칼을 목덜미에 찔러 넣어 막 짜낸 사슴의 생피 같은 빛깔의 와인.

희야!

돌이켜보니 내 안에서 살의가 싹텄던 건, 명훈이놈과 네가 옥탑 방에 단둘이 있는 것을 보았을 때였어. 네 고모가 저녁을 먹으라고 부르러 오지 않았다면 분명 그날 무서운 일이 터졌을 거야.

나를 붙잡는 네 고모의 손길을, 곤혹스러워하는 네 눈빛을 뒤로 하고 도망치듯 대문을 나선 것은 내 안의 살의를 피해서였어.

우리의 사랑이 썩은 내를 풍기지 않게 나를 다스렸어야 했는 데……

내 죄를 씻을 방법은 단 하나밖에 없다.

몸에 붙은 옴이라도 털어내듯 나는 엽서들을 멀찍이 밀쳐냈다. 책상 위에 산만하게 흩어져 있는 다른 엽서들 쪽으로도 눈길을 돌리지 않았다.

한시바삐 이곳을 떠나고 싶다. 아직 구시가에 발도 디뎌보지 못했지만, 한시도 화창한 얼굴을 보지 못했지만 아무 미련이 없었다.

방 안을 둘러보니 그동안 신시가에 내려가 새로 산 짐들이 제법 늘어나 있었다. 나는 무엇에 쫓기듯이 작은 무선주전자와 두서너 벌의 옷과 양말, 속옷 등을 챙기며 새 여행 가방을 사지 않은 것을 뼈저리게 후회했다.

*

나는 호텔 카운터에 앉아 있는 청년에게 콜택시가 오지 않는 이유를 물었다. 그는, 좀 늦어지겠지만 택시는 꼭 올 것이라고 했다. 사고가 났다고 했다. 사고요? 내가 내놓은 컵과 컵받침, 티스푼, 엽서뭉치들에 정신이 팔려 그는 내 물음에 대답을 해주지 않았다.

나는 지금 몸이 아파 이 무거운 컵들을 끌고 다닐 힘이 없다, 어쩌면 저 물건의 주인이 이곳에 숙박하러 올지도 모르겠다, 눈에 띄는 장소에 진열해두었다가 오래도록 물건의 임자가 나타나지 않으면 임의대로 처리해도 좋다. 저 물건들의 주인을 찾아주는 방법은 이것이 최선이다.

나는 다시 한 번 또박또박 말했다. 가방이 바뀐 사연을 구구절절 설명하기는 힘들었다. 청년은 시종 고개를 갸웃거렸다. 내 말이 이해되지 않는 표정이었다.

나는 호텔 로비 한쪽에 놓인 소파에 앉아 자판기 커피를 두 잔이나 마셨다. 건성건성 스페인의 패션 잡지들을 훑고 일어났을 때까지 택시는 오지 않았다. 나는 카운터로 다가가 또다시 택시가 오지 않는 이유를 물었다. 내가 맡긴 엽서들을 여전히 만지작거리고 있던 청년이 그제야 어딘가로 전화를 걸었다.

아침에 산파블로 다리에서 젊은 남자가 뛰어내렸고, 신고를 받고 달려온 경찰차와 앰뷸런스가 장사진을 치고 있고, 몰려든 구경꾼들로 그 일대가 소란스럽다고. 신속한 사고 처리를 위해 구시가로 올라오는 방향의 차선을 막고 있어 일반 차량의 소통이 원활하지 못하다고. 그렇지만 시간이 지나면 상황이 종료될 것이라고 했다. 그다지 심각해 보이지 않는 표정으로 내게 말을 전하는 청년의 얼굴을 나는 멍하니 바라보았다.

그는, 내가 타고 갈 택시가 언제 올지 기약할 수 없으니 급하다면 시내까지 걸어가는 방법밖에 없다고 했다.

괜찮으냐? 너는 지금 몹시 피곤해 보인다. 그 상태로 시내까지 가려면 사십여 분 넘게 걸린다.

청년은 재차 자신의 친절로 해결할 수 없는 일이 생겨 유감스럽다고 했다. 택시를 탈 수 없게 된 나를 말하는 것인지, 다리 위에서 뛰어내렸다는 젊은 남자를 말하는 것인지 아리송했다. 청년은, 사고 현장 주변의 구경꾼들이 누군가 뒤에서 젊은 남자를 밀었는지도 모른다고 쑤군거리는 말을 들었다고 했다. 그렇지만 사방이 훤히 트인 다리에서 아침 시간에 누구를 밀어 살인을 한다는 것은 설득력이 없다는 자신의 추리도 전해주었다.

나는 다리 위에서 떨어져 내렸다는 젊은 남자가 죽었는지 살았는지 궁금했다. 앰뷸런스가 도착했다는 말은 아직 목숨이 붙어 있어서 병원으로 옮기면 살 수 있다는 말인지. 그러나 청년은 내가 밀어놓은 엽서뭉치들 속으로 다시 시선을 옮겼다.

그것은 사우스코리아의 언어다. 나는, 엽서에 눈을 박고 있는 청년에게 다가가 말해주었다. 그는 심난한 표정의 얼굴을 들어 마지못한 듯 고개를 끄덕이다가 제비뽑기를 하듯 엽서 한 장을 쓱

빼어 내 눈앞에 들이밀었다.

희야!

타국에서 오래 살면 향수가 다 사라지는 시점도 오게 마련이라

고, 나는 어쩌면 너랑 아빌라 어딘가에 정착해서 살 꿈을 꾸고

있었는지도 몰라.

나는 처음부터 향수병 따위는 없었어. 옆에 네가 있었으니까.

넓은 정원이 딸린 아담한 이층집에서 아이를 둘쯤 낳고 아기자

기하게 살고 싶었다고. 정원 한쪽에는 텃밭을 만들어 고국의 깻

잎, 고추, 상추 모종을 심고 가꿔 아침저녁 식탁에 올리고.

희야, 지금 나는 몹시 힘겹다.

네 체취가 남아 있는 곳들을 찾아 떠도는 이 부랑한 영혼에게 찾

아드는 안식은 어디에도 없다.

밤새 두통과 씨름했다.

부족한 잠과 무거운 몸을 끌고 오늘은 또 어디로 가야 할지.

최종 목적지는 확실하다.

너와 내가 영원히 깨지 않기로 약속하며 사랑을 자물통으로 묶

어 가두어둔 곳!

그곳에 가면 너를 찾을 수 있을까? 우리가 강물 속에 던진 열쇠

를 찾아 자물통을 열 수 있다면, 내가 나를 용서할 수 있을까?

내가 어떻게 네게……?

악몽을 꾸었던 것이라면 좋겠어.

호텔 청년이 영어 번역을 부탁한다며 내민 엽서 앞에서 내 다리가 심하게 후들거렸다. 몸살 기운이 퍼져 있는 몸에 어지럼증이 몰려왔다. 내가 곤혹스럽게 읽은 엽서의 빈 주소란 옆에 빨갛게 익은 사과 하나가 앙증맞게 그려져 있다. 나는, 잘 익은 과일도 오래 되면 곰팡이가 핀다고, 그런 내용의 글 같다고 둘러대며 단호히 몸을 돌렸다. 호텔 문을 밀고 나오자, 찬 늦가을 바람이 훅 달려들었다.

*

하늘은 잿빛의 어두운 구름들이 포진해 있다.

간밤의 비바람으로 흠씬 떨어져 내린 낙엽들로 거리는 울긋불긋하다. 언덕길을 내려가는 내내 가벼워진 여행 가방 바퀴가 보도블록에 부딪치며 덜덜거렸다.

경찰차와 경찰관, 앰뷸런스, 구경꾼들로 사고 현장 부근은 북새통이었다. 산파블로 다리 위에서 '출입금지' 플래카드가 바람에 나부꼈다. 바리케이드가 쳐진 강가 부근에서 경찰관들이 일반인들의 접근을 통제하고 있었다.

근방의 왕립 호텔에서 막 체크아웃을 하고 나온 듯한 미국 신사는 길 가다 멈춰선 내 옆에서 흥분된 목소리로 자살사건을 알렸다. 오늘도 이른 아침부터 다리 위를 서성이는 동양 남자를 봤다고, 어쩌면 간밤부터 서성였는지도 모르겠다고, 하지만 몸을 날리는 것은 워낙 순간이라고…… 연신 떠들어대는 미국 신사의 말을 뒤로 넘기며 나는 언덕길을 털레털레 내려왔다.

언덕을 한참 내려와 다리가 까마득히 높고 강이 가까워졌을 때, 나도 모르게 강가 풀숲에 포복 자세로 납작 엎드려 있는 남자를 보고 말았다. 일순 내 몸이 중심을 잃고 비틀거렸다.

노란 경계선 안에서 돌덩이 위에 이마를 처박고 있는 남자의 얼굴은 강가의 낙엽에 섞여 확연히 드러나지 않았다. 풀색에 가까운 펑퍼짐한 점퍼를 입은 남자를 가둔 노란 경계선 밖에서 한 경찰관은 끊임없이 어딘가에 교신을 보냈다. 머리통만 겨우 보이는 남자를 향해 나는 안타깝게 부르짖었다.

그 자세는 아니에요. 어서 몸을 뒤집으세요. 몸에서 힘을 빼고 아주 편안한 상태로 바닥에 등을 대고 하늘을 보고 누우세요. 다리는 골반 너비 정도로 벌리고, 양손은 몸에서 이십 센티 정도 떨어진 곳에 늘어뜨리고, 손바닥은 하늘을 향하게 하세요. 몸과 마음의 저항을 내려놓고 깊이 숨을 들이쉬어요. 깊이 깊이…… 강물 흐르는 소리가 들려오나요?…… 아늑하고 깊은 곳에서 한숨 잘 잔 얼굴로 일어나세요…… 어서요…… 어서 몸을 털고 일어나세요……

주말인가? 시내 쪽으로 터벅터벅 걸어내려가는 내 시야를 가득 메운 것은 구시가 쪽으로 진입하려는 여행 차량들이었다. 차들로 도로는 점점 차오르고 있었다.

나는, 가슴 한복판이 시리고 저렸던 한 시절을 곱게 곱게 다스려 떠나보내기 위해 낯선 곳들로 향하는 발걸음을 멈추고 고개를 틀어 멀리로 시선을 던졌다.

다리 너머, 금방이라도 쓰러져 내릴 듯 아찔한 절벽 위에 세월의 용해를 견디며 찬연히 위용을 뽐내고 있을 '카사스 콜가다스'는 비구름을 품은 안개에 가려 보이지 않았다.

공중 그늘 집

1

아빠!

낮잠을 자다 뱀과 싸우는 꿈을 꿨어요. 아빠 머리보다 굵은 몸
뚱아리를 가진 뱀의 등허리에 올라타 목을 누르려고 했지만 손이
닿지 않았어요. 키가 엄청나게 큰 독사였거든요. 잠이 깨어서도
팥죽땀이 멈추지 않았어요. 삶은 고구마처럼 물렁물렁해진 몸을
질질 끌며 망고나무 위로 올라갔지요. 외갓집 마당 한쪽의 작은
신전에 망고를 바쳤어요. 아침에 외할머니가 바친 접시물 옆에요.
몸뚱이가 노랗고 빨간 코끼리 신이 배를 둥그렇게 내밀고 활짝 웃
네요. 나는 두 손을 모아 빌었지요. 아빠가 넓은 집을 마련해서 우
리를 데리러 오겠다고 한 약속 잊지 않게 해달라고요.

아빠, 내가 아직 여덟 살은 되지 않았겠지요? 여덟 살이 되면 아
빠가 꼭 데리러 오겠다고 했으니까요. 나는 아직 여덟 살이 되지
않아서 아빠가 오지 못하는 것이라고 생각할래요. 그래서 영원히

여덟 살을 넘기지 않고 살아도 괜찮아요.

호석이가 해먹에서 자고 일어나, 엄마 아빠가 우리만 남겨두고 한국에 돌아간 것을 알았을 때 얼마나 울었는지 아세요? 그래도 호석이 걱정은 하지 마세요. 녀석은 엄마 아빠가 떠난 날 밤새 울더니 다음 날 길가 맞은편 집에 사는 제 또래를 사귀었어요. 호석이가 저보다 큰 아이를 노려보면서 "꼼랑 꼼랑" 하는 것을 듣고 깜짝 놀랐어요. 우리가 심한 장난을 칠 때마다 엄마가 손을 내저으면서 했던 말이잖아요.

아빠는 약속을 지키는 사람이라고, 나를 믿으라고 호석이에게 장담했어요. 내가 초등학교 들어갈 나이가 되면 아빠가 우리를 데리러 온다고 분명히 약속했다고요. 거짓말이면 내가 호석이를 '형'으로 부르겠다고 해줬어요. 호석이가, 형이 되는 상상을 잠시 해보는 것 같더니 피식 웃지 뭐예요. 그래서 더욱 힘주어 말했지요. 형 말 믿지? 형은 절대 허튼소리 안 해.

아빠, 호석이가 기다림에 지쳐 얼굴이 까맣게 되는 일이 없기를 바라요. 나는 호석이가 슬퍼하는 것을 보면 마음이 아파요.

며칠 전에 앙코르와트에서 한국 여자들이 하는 말을 듣지 않았다면, 나는 호박처럼 둥글고 태평했을 거예요. 내가 이미 여덟 살을 지나버린 것은 아닌가, 아빠가 약속을 잊은 것은 아닐까, 불안해하지도 않았을 거고요.

2

세계 각국의 사람들이 몰려온다는 앙코르와트에 간 날은 무더
웠어요. 버스를 오래오래 타고 가면서 자다 깨다를 반복했지요.
버스에서 내려 긴 사람 줄을 따라 걸어가는 동안 땀으로 목욕을
했어요. 외할머니는 개구리튀김을 담은 양은함박을 낮은 돌담 아
래 내려놓았지요. 나는 눈을 어디에 둬야 할지 몰랐어요. 차를 타
고 멀리 나온 게 처음이었거든요. 거대한 관광지 안의 나무들은
하늘을 뚫을 듯이 서 있었지요. 장사하는 외할머니 곁을 떠나 호
석이와 나는 코코넛에 빨대를 꽂아 물고 다녔어요.

아이구 맛있어라 단물이 한강이네. 먹다 빠져서 죽겠다 죽겠
어…… 그래서 열대 나라 국민들이 게을러. 일하지 않아도 꿀맛 같
은 과일이 주렁주렁이니. 배고프면 요렇게 맛있는 것 따서 입에 쏙
쏙 넣기만 하면 되고……

오랜만에 듣는 한국말이 얼마나 반가웠는지 몰라요. 망고를 먹
으며 떠드는 한국 여자들의 뒤를 호석이와 나는 홀린 듯이 따라갔
지요.

그녀들은 대한민국의 발전이 놀랍다고 했어요. 여자 대통령이
나온 나라라고, 그래서 딸 셋 낳은 게 자랑스러워서 어깨 당당히
펴고 다닌다고…… 줄줄 쏟아지는 한국말에 몸이 쏙 빨려들 지경
이었지요. 그러다가 정말 놀라운 말을 듣게 되었어요.

세계 7대 불가사의에 드는 문화유산을 가진 나라면 뭐하누. 가
난하니까 이 나라 여자들이 한국으로 시집오는 거야. 떠들썩했던

사건 기억 안 나? 보험금 노리고 만삭의 캄보디아 아내를 죽인 사
건……

한국 아줌마는 혀를 끌끌 차면서 고개를 절레절레 흔들었지요.

보험금만 수억이란다, 수억. 배 속의 애도 죽고 운전한 남편 혼
자 바닷속에서 살아나왔잖아. 곧 몸 풀게 될 아내에게 밤바다 보
여주려고 나갔다가 졸음운전으로 사고가 났다고 남편이 진술했다
는데, 한밤중에 웬 드라이브? 트럭 하나로 벌어먹고 사는 형편에
여행? 아이 둘도 친척집에 맡기고 살아가는 처지였대. 평상시에도
위험한 곳을 작정하고 간 거야. 타살 의혹으로 조사받으면서 남
편은 한결같이 사고였다고 주장했지만 세 살짜리 애도 안 믿을걸.
그 형편에 그 많은 보험을 어떻게 들었나 몰라. 처자식도 없이 보
험금 수십 억 받으면 뭐하누……

돌고 있는 팽이처럼 머릿속이 어지러웠어요. 간간이 이어졌던
엄마 아빠의 전화가 어느 순간부터 끊겼다는 사실이 떠올랐고요.
호석이의 손을 잡고, 사원으로 들어가는 돌문을 넘어가는 그녀들
을 쫓아갔지요. 불이 날 듯 뜨거운 땡볕 아래 몸이 엿가락처럼 늘
어졌어요. 눈과 발은 그녀들을 찾는 일에 꽂혀 있었지요. 한국 사
람 누구라도 붙잡고 그 사건에 대해 자세히 묻고 싶었어요. 거대
한 불상과 돌 틈 사이로 뿌리를 내린 나무들을 지나 깊고 넓은 숲
속을 휘젓고 다녔지요.

많은 사람들이 사원 계단 위로 오르는 것을 본 것은 늦은 오후
였어요. 고개를 한껏 쳐들어야 끝이 보이는 계단을 나도 무작정
올라갔지요. 내가 중간 정도 올랐을 때, 그들은 일제히 함성을 지

르며 한 방향의 하늘을 보고 있었어요. 나도 그들의 시선을 좇았지요. 하늘에서 검고 붉은 해가 떨어지고 있었어요. 그들의 함성은 꼬리에 꼬리를 물었지요. 아아 우우 우아…… 입을 턱 벌린 사람들의 시선을 따라 노을을 바라보는 내 눈에서는 뜨거운 눈물이 뚝뚝 떨어져 내렸지요. 한꺼번에 터져나온 함성으로는 한국 사람의 음성을 가릴 수 없었거든요.

3

아빠, 앙코르와트에 다녀온 후로 해질녘이면 엉엉 소리 내어 울고 싶어져요. 내 기다림에 의심이 생겨버렸거든요.

그날, 운전하는 아빠 옆에서 엄마가 하는 말을 나는 다 들었어요. 차가 들썩일 때마다 잠든 호석이가 기울어져서 오른쪽 어깨가 아팠지만, 잠든 척 눈을 감고 있었지요. 아빠가 트럭에 우리를 싣고 나와 자장면까지 사준 이유를 알았거든요. 함께 일해서 돈을 모을 때까지 호석이와 나를 외갓집에 맡기자고 엄마가 말했지요. 더 이상 유치원에 갈 수 없다는 것을 알았어요. 집주인이 월세를 올려달라고 했다고, 이제는 생활비도 바닥을 드러냈다고, 거리로 나앉을 판이라고, 엄마가 마침내 울음을 터뜨렸지요. 아빠가 모는 트럭은 자주 비틀거렸어요. 가끔 이삿짐을 날라주고 돈을 벌었던, 털털거리는 트럭요. 차창 밖 버섯 모양의 둥근 지붕을 가진 전원주택들이 석양에 물들 때까지 아빠는 집이 있는 의정부 방향을 찾지 못해 장흥 시내를 뱅뱅 돌고 다녔지요.

4

술 냄새를 풀풀 날리며 외갓집을 찾아오는 아저씨가 있어요. 작년 우기에 뿌리 뽑혀 널브러진 종려나무를 밟으며 마당으로 들어서는 그를 볼 때마다 외할아버지는 움칫 몸을 떨지요. 외할아버지의 말을 다 알아들을 수는 없지만 매번 그를 어르고 달래는 것처럼 보여요. 호석이가 뽀로로 세트를 안 사왔다고 울었을 때 아빠가 했던 것처럼요. 제발 그만 좀 울어라. 담에 꼬옥 사다줄게. 웅? 뚝 해야 착하지…… 여간해선 그도 행패를 멈추지 않지요. 슬금슬금 뒷마당으로 가버리는 외할아버지를 따라가며 머리통을 드밀며 울기도 해요.

오늘도 한낮에 그가 나타났을 때, 외할머니와 나는 평상에 있었어요. 그가 슬리퍼를 벗어 손에 들고 마당 구석의 개들에게 가는 것을 외할머니는 모른 척했지요.

부얼부얼한 털을 가진 두 마리 개들은 그의 슬리퍼에 맞으면서도 사이좋게 엉덩이를 붙이고 있었어요. 그는 나물 다듬던 손을 끝내 멈추지 않는 외할머니를 바라보더니, 해먹에서 낮잠을 자는 호석이에게 다가갔지요. 내가 알아들을 수 없는 말을 꿍얼거리면서요.

나는 평상을 내려와 신발을 신었어요. 그가 호석이를 때리면 달려가서 허벅지를 꽉 물어주겠다고 벼르면서요. 눈에 불을 켰지요.

다행히 큰일은 벌어지지 않았어요. 툭 떨어진 망고에 이마를 맞고
깨어난 호석이가 울음을 터트렸거든요.

　망고나무 가지 사이에 건 해먹에 몸을 파묻은 채로 호석이는 오
래 울었어요. 잠투정을 하듯이요. 끅끅 숨을 몰아쉬며 울면서도
엄마 아빠를 찾지는 않았어요. 아무래도 호석이는 더위 때문에 우
리에게도 엄마 아빠가 있다는 사실을 잊은 듯해요.

5

　한동안 뜸했던 그가 요즘에 자주 나타나요. 어김없이 술로 몸을
비틀비틀하면서요. 아침을 먹자마자 아랫집으로 놀러가는 호석이
를 배웅하면서도 나는 머릿속이 바빴지요. 술꾼 아저씨가 나타나
면 뒤에서 후려칠 작대기를 숨겨두기로 했거든요. 헛간 구석과 부
엌, 닭장 속까지 뒤지고 다녔지만 마땅한 것을 찾을 수 없었어요.
키도 작고 깡마른 그에게 들이대기에는 모두 길거나 넓은 나무판
자들만 눈에 띄었지요.

　아빠, 그런데 왜 외할아버지는 한 손으로만 밀어도 풀썩 자빠질
듯한 그에게 쩔쩔매는 것일까요? 뒷마당 울타리 밖까지 작대기를
찾아 뛰어다니며 땀을 흠뻑 흘린 후에야 든 의문은 끝내 풀리지
않았어요.

6

술주정꾼 아저씨가 또 나타났을 때 나는 몹시 허둥댔어요. 대나무 장대를 어디에 숨겨뒀는지 생각나지 않아서요. 마당가 나무 그늘에서 채소를 다듬던 외할머니는 도망치듯 뒷마당으로 들어갔지요. 집에 외할아버지도 없었어요.

그가 외할머니의 뒤를 밟아 뒷마당으로 가고 나서야 나는 평상 밑에 고개를 쑤셔박았어요. 내 키의 두 배가 넘는 대나무 장대를 끄집어냈지요. 바쁜 마음을 몸이 따라주지 않았어요. 다리가 마구 후들거렸어요. 입술이 달달 떨렸어요. 뒷마당 주방으로 들어가 그의 뒤에서 대나무 장대를 추켜올렸지요. 불이 날 만큼 양손에 힘을 꽉 줬어요. 그런데 그때 엄마 이름이 흘러나왔어요. 그의 입에서요. 한 번이 아니고, 여러 번요.

그가 울먹이는 소리로 자꾸자꾸 엄마 이름을 부르지 뭐예요. 끊겼다가 이어지는, 커다란 눈깔사탕을 양쪽 볼때기에 넣고 굴리는 듯한 그의 말을 알아들을 수는 없었지만 엄마의 이름만은 생생히 들었어요. 아주 또렷이요.

외할머니도 울고 있었어요. 아궁이 앞에 쪼그리고 앉아 눈물을 흘리고 있었다고요. 그가 몸을 흐느적거리며 마당을 가로질러 나가고 나서도 외할머니는 오래 울었어요.

야자수들이 늘어서 있는 도로로 비칠비칠 걸어나가는 그를 나는 지켜봤지요. 차가 지나갈 때마다 풀풀 일어나는 흙먼지에 그가 보이지 않을 때까지요. 잔뜩 불어넣었던 힘이 풀린 두 팔을 축 늘어뜨린 채로요.

엄마 이름이 스라이뽑 맞지요? 한국 이름 '희숙'은 아빠가 지어 준 것이고요. 나는 한국 이름보다 원래의 엄마 이름이 더 좋아요. 스라이뽑.

아빠, 대나무 장대는 주방 모퉁이 흙담 벽 아래 숨겨놨어요. 그런데 아저씨가 오늘처럼 울면서 엄마 이름을 부른다면, 내가 그것을 꺼내 들고 휘두를 수 있을까요?

7

얼굴도 몸도 훌쩍 커버린 호석이를 엄마 아빠가 못 알아볼까봐 걱정이에요. 호석이는 매일 타닥타닥 햇살이 튀는 땡볕 속을 뛰어다녀요. 긴긴 숲길을 따라 나 있는 아랫마을까지 하루에도 몇 번씩 내려갔다 와요. 도랑물에 떠운 망고배를 쫓아서요.

주먹만 한 망고 씨를 반으로 잘라 펼쳐놓으면 조각배가 되어요. 덕지덕지 붙은 살점을 깨끗이 밀고 맨들맨들한 속껍질이 나오게 하려면 등이 절로 구부러지지요. 그런데도 호석이는 배를 만들기 위해 한자리에서 망고를 다섯 개나 먹어치워요. 형아가 만들어줬다고 자랑했어. 동네 아이들이 부러워해. 형아 최고야! 맨등을 까맣게 태우며 배를 만드는 내 옆에 쭈그리고 앉아 녀석은 말하지요.

물때가 끼어 원래의 색을 알 수 없는, 졸졸 떠가다 수풀에 막혀 더는 내려가지 않았을 망고배를 들고 마른 흙길을 달려 집으로 온

호석이가 내게 무슨 말인가를 할까 말까 망설였던 적이 있어요. 아빠, 나는 어쩐지 호석이가 엄마 아빠가 언제 우리를 데리러 오느냐고 묻고 싶은 것을 참는 것만 같았어요. 형인 나도 모르는 게 있다는 것을, 칼 하나로 속이 꽉 찬 씨들을 꼼꼼하게 털어내고 멋진 배를 만들어줄 수 있는 나도 알 수 없는 일이 있다는 것을 녀석이 알아버린 것 같아요.

8

낮잠에서 깨어났을 때 하늘 멀리서 해가 내려오고 있었어요. 서서히, 마치 꿈인 듯이 느릿느릿 내려오는 해를 평상에 누운 채 바라보았지요. 논에 나간 외할아버지와 외할머니가 들어올 때까지 짙어가는 어스름 속에 있었어요. 눈 속에 가득 찬 울음을 내보내지 않으려고 나중에는 눈을 꼬옥 감았지요.

몸을 풀게 되면 한동안 나들이를 못할 아내에게 바다 구경을 시켜주고 싶었다는 트럭기사의 말은 사실일까요? 왜 밤늦게 만삭의 아내를 싣고 파도가 심한 해변길을 운전했을까요? 그것 때문에도 그는 사고로 위장해 아내를 죽였다는 의심을 피할 수 없었다고 해요.

그는 기자들에게도 억울함을 호소했다네요. 여섯 시간을 운전하고 내려와 피곤한 데다 졸음이 밀려왔다고, 어느 순간 바닷속으로 차를 날리고 있는 것도 몰랐다고, 바위보다 무거운 잠에 짓눌려 있었다고……

아빠, 그의 이웃들이 증언했다고 해요. 살기가 힘들어 아이들을 멀리 보내고 부부만 살고 있었다고요. 아내가 셋째아이를 떼지 않겠다고 울어서 남편이 자주 화를 내는 소리를 들었다고요. 번뜩, 엄마 아빠 얘기를 엿들은 게 생각났어요. 캄캄한 방 안 이불 속에서요. 실수로 아기가 들어선다면, 병원에 가서 지워야 하느냐고 엄마가 물었지요. 오래 생각해보지도 않고 아빠가 대답했지요. 셋은 정말 안 된다고, 나와 호석이만으로도 어깨가 빠질 것 같다고요.

아빠, 죽은 캄보디아 아내가 배 속에 아기를 품고 있었다는 말에 나는 안심했어요. 아빠는 절대로 셋째아이는 만들지 않겠다고 했으니까요.

트럭기사 말이에요. 해변 식당에서 행복해하면서 칼국수를 먹었을 아내를 보면서 마음이 흔들리지 않았을까요? 세상 사람들이 의심하는 것처럼 아내를 죽일 계획으로 여행을 떠난 것이라면요. 엄마가 먹은 칼국수를 받아먹으며 배 속의 아이가 좋아서 함박함박 웃는 게 느껴지지 않았을까요?

9

아침에 잠에서 깼을 때, 놀라운 일이 벌어져 있었어요. 나는 눈을 비비고 또 비볐지요. 반가워서 눈물이 날 뻔했어요.

주말에 우리 집에 올 때면 좁은 방에서 자야 했던 한을 풀듯이 외삼촌은 방 한가운데서 사지를 쭉쭉 늘어뜨린 채 자고 있었지요. 아빠가 엄마에게 했던 말이 떠올랐어요. 한국에서 돈을 벌려면 저렇게 게을러 빠져서는 안 돼. 어림없다고. 늘보가 형님아우 하자고 하겠어. 한국으로 일하러 온 외삼촌이 게으르다고 아빠는 자주 타박했지요. 엄마는 늘보가 뭐냐고 아빠한테 물었고요. 허구한 날 나무에 붙어 잠이나 퍼질러 자는 놈이라는 아빠의 설명을 엄마는 한참 만에야 알아들었지요.

나는 호석이를 흔들어 깨웠어요. 호석이는 눈에 잠을 묻힌 채 무릎걸음으로 다가가 외삼촌 얼굴에 제 얼굴을 비벼댔어요.

형, 삼촌이 우리 데리러 왔나봐. 아빠가 바빠서 삼촌을 보냈어.

입김과 콧김을 푸푸 내뿜으며 자는 외삼촌을 보며 호석이 얼굴에 갓 쪄낸 호박고구마 같은 웃음이 퍼졌어요.

10

한국에서 돌아온 외삼촌에게 제일 먼저 물었어요. 엄마 아빠가 왜 우리에게 전화를 하지 않느냐고요. 엄마 아빠 목소리를 들어본 지가 언제인지 기억도 안 난다고요. 외삼촌 얼굴이 비 오는 날 하늘처럼 어두웠지요. 그러나 잠시 후에 말했어요. 엄마 아빠는 배를 타고 멀리 들어가는 섬에 있는 알로에 농장에서 일하고 있다고요.

아빠, 엄마 아빠가 일한다는 알로에 농장에 대해 듣고 싶어요. 정말 그곳에서는 국제전화를 할 수가 없고, 전화를 하려면 배를 타고 항구까지 나와야 하나요? 외삼촌 말대로 이곳과 시간 차이가 많이 나기 때문에 전화를 못하고 있는 거지요?

11

마음을 다쳤어. 마음, 여기 마음.

외삼촌이 왼쪽 가슴 한복판을 주먹 쥔 손으로 쳐대면서 말했어요.

다행이야, 삼촌.

외삼촌이 팔이나 발을 댕강 잘라먹지 않고 멀쩡한 게 얼마나 다행인지. 눈물이 슬플 때만 나오는 게 아니더라고요. 그러다 불현듯 외삼촌이 무엇에 마음을 다쳤는지 알 것 같았어요.

주말에 우리 집에 와서 외삼촌이 자랑했던 아기씨요. 공장 사람들 앞에서는 냉정하지만 외삼촌과만 있을 때는 이것저것 알려준다던 아가씨 말이에요. 잘 꼬셔서 한국 여자와 결혼하라고 아빠가 말했잖아요. 외삼촌이 '꼬신다'는 말을 못 알아듣고 엄마한테 무슨 말이냐고 물었고요. 그때 엄마가 캄보디아 말로 외삼촌에게 뭔가를 오래 설명했는데, 그다음에는 아빠가 엄마한테 물었잖아요. '꼬신다'는 말을 뭘 그렇게 오래 설명하느냐고.

그 아가씨가 가슴에 뾰족한 돌을 박았냐고, 그래서 캄보디아로 돌아온 거냐고 내가 물었을 때 외삼촌은 대답을 하지 않았어요. 투박한 손으로 내 얼굴만 쓰다듬어주었지요.

외삼촌에게 술꾼 아저씨를 일러바칠 때 내 눈에서 눈물이 떨어졌어요. 한밤중에 술 취한 그가 찾아와 잠자고 있는 개들까지 괴롭히는 것을 보면서도 어쩌지 못한 내가 한심했던 모양이에요. 툭하면 찾아와 새끼 밴 개를 끌어안고 울부짖는 그를 달래어 보내놓고도 외할아버지는 마당가 달빛 아래 오래 서 있곤 했지요.

프엉의 집으로 가자. 외삼촌이 말했을 때 내 눈이 번쩍 뜨였지요. 그의 이름이 프엉인가봐요.

외삼촌을 따라나설 때 나는 대나무 장대를 질질 끌면서 갔어요. 외삼촌과 싸움이 붙으면 프엉의 등짝을 내려칠 작심으로요.

차와 사람과 오토바이가 뒤섞여 다니는, 양편으로 야자수가 늘어서 있는 흙먼지 길을 오래오래 걸어서 프엉의 집에 당도했어요. 도랑을 건너뛰고, 마른 풀들로 덮인 들판 한가운데 있는 나무판잣집에 들어섰을 때 나는 땀으로 온몸이 축축했지요.

자잘한 살림살이들이 널브러져 있는 낡은 평상에서 자고 있던 프엉을 얼싸안으며 눈물을 흘리던 외삼촌을 바라보던 때를 어떻게 말해야 할지……

프엉과 외삼촌은 자석처럼 붙어서 내가 알아들을 수 없는 말을 길게 늘어놓았어요. 나는 마당 한쪽의 나무 그늘 밑에 앉아 대나무 장대를 만지작거리며 불만스럽게 외삼촌을 쏘아보았지요. 그러다 나무 밑동에 머리를 처박고 잠이 들었어요. 흘러내린 땀을 식히며 흙바닥에서 한껏 자고 났을 때까지 두 사람은 마당 평상에 마주 앉아 담배를 피우고 있었지요.

13

위로 올라갈수록 점점 넓어지는 대나무 광주리를 든 외할아버지를 따라나섰어요. 평상에서 자고 일어나 멍하니 앉아 있는 내게 외할아버지가 함께 가자는 손짓을 했지요. 호석이가 깨지 않게 살살 모기장을 들추고 나와 신발을 신었어요.

장어를 잡을 통발을 담가둔 강으로 가다가 프엉을 봤어요. 새벽이슬이 걷히지 않은 강가에 앉아 담배를 피우던 그는 술에 취해 삿대질을 해댈 때와는 달리 수굿했지요. 외할아버지에게 무슨 말인가를 했는데, 안개가 자욱하니 오늘은 장어가 많이 잡힐 것 같다는 덕담이었는지도 모르겠어요. 그의 말에 외할아버지가 고개를 끄덕끄덕하며 엷게 웃었거든요.

아빠, 프엉은 사랑하는 여자가 멀리 시집가는 바람에 죽으려고 약을 먹었대요. 술과 함께 약을 먹었는데 죽지 못했대요. 그때부터 술만 마시게 되었대요. 외삼촌에게 들었어요.

프엉이 뿜어올리는 담배 연기가 안개에 섞여들었지요. 프엉이 멀어지고 나서도 외할아버지는 조각배의 노를 천천히 저으며 허공 어딘가를 보고 있었어요.

생각할수록 장어란 놈은 한심해요. 강물 속 깊이 담가둔, 속을 파낸 긴 통나무 속으로 밤새 기어들어가거든요. 아침에 건져 올린 통발을 기울이면 장어가 우르르 쏟아져 나와요.

대나무 껍질로 만든 대바구니 속에서 장어들이 서로를 휘감으며 몸부림을 쳐대는 것을 보고 있으면 눈물이 날 것 같아요. 긴긴 몸뚱이를 말아가면서 출구를 찾겠다고 대바구니 가운데로 파고드는 놈들에겐 눈이 없는 걸까요?

14

낯선 방, 사각으로 쳐놓은 모기장 속에서 눈을 떴을 때 낮인지 밤인지 몰라 나는 사방을 한참이나 두리번거렸어요. 무릎걸음으로 걸어가 나무로 짠 창을 열어보고서야 프엉의 집이라는 것을 알았지요. 외삼촌을 따라와 평상에서 졸고 있는 나를 프엉이 방에 데려다줬어요. 시원한 곳에서 잠을 자라고요. 마당 평상에서는 프엉과 외삼촌이 수북하게 꽁초를 쌓아가며 여전히 담배를 피우고 있었지요.

아빠, 놀라지 마세요. 방 벽에 걸린 앨범 속에서 엄마를 봤어요. 분명 엄마였어요. 많은 사진들이 박힌 유리 액자 속에서요. 웃음이 맑은 엄마의 얼굴 옆에 남자의 두 맨발이 얌전히 포개져 있었어요.

엄마의 얼굴 옆에 엄지발가락 두 개를 딱 붙이고 있는 주인공은 누구일까요? 엽서만 한 사진의 반, 엄마의 예쁜 두 다리와 남자의 얼굴이 담겼을 사진 반쪽은 어디에 있을까요?

주름살로 쭈글쭈글한 노인들과 웃통을 벗은 아이들이 들쭉날쭉 박혀 있는 사진들 사이의 엄마를 나는 눈이 빠질 듯이 바라봤어요. 눈동자가 욱신거릴 만큼 오래요. 처음에는 엄마라는 것을 믿을 수 없었어요. 흙바닥에 떨어져 뒹구는 꽃송이처럼 잔뜩 찌푸린 얼굴의 엄마만 봐왔으니까요.

긴 머리를 한 가닥으로 모아 가슴 위로 내려뜨리고 해먹에 누워 있는 엄마는 참 예뻐요. 사진을 계속 들여다보고 있으면 비눗방울 터지듯 끝도 없는 웃음이 퐁퐁퐁 터져나올 것만 같아요.

15

외삼촌은 아침 일찍 프놈펜에 갔어요. 차를 타고 다섯 시간만 가면 프놈펜이라고 들었어요. 외삼촌은 한국산 중고 오토바이를 사올 거래요. 중국산보다 값이 비싸지만 한국산은 성능이 좋다나 봐요. 나무판자로 짠 짐칸에 물건을 싣고 오지마을에 들어가 팔면 돈을 벌 수 있대요.

젊음이 돛단배 속 모터처럼 녹슬어갈 때까지 한국의 공장에 처박혀 나사못을 박아대느니 캄보디아로 돌아와 길 위의 삶을 선택한 외삼촌은 듬직해 보여요. 어쩌다 쉬는 날에 우리 집에 찾아와 엄마가 묻는 말에나 대답하며 어두운 얼굴로 앉아 있던 때와는 확실히 달라요.

나도 장사를 떠나는 외삼촌을 따라가기로 했어요. 집을 나서면

길에서 보름 이상 살아야 한대요. 욕심을 부려 돈을 벌려면 한 달이 걸릴 수도 있고요.

이제 외삼촌에게 엄마 아빠가 알로에 농장에서 언제 돌아오냐고 묻지 않기로 했어요. 혓바닥이 닳을 만큼 물었거든요. 외삼촌은 분명히, 우리가 잘 때 엄마가 전화를 했다고 말할 거예요. 알로에 농장에서 배를 타고 항구로 나와 어렵게 전화를 했는데, 우리가 자고 있어서 통화를 못했다고. 그러면 나는 또, 다음에 전화가 오면 반드시 나를 깨워야 한다고 말하겠죠. 그러면 외삼촌은 고개를 끄덕이며 "그래 그래" 하겠지요.

아빠, 엄마 아빠가 일하고 있는 농장에서도 지금 알로에가 무럭무럭 몸을 불리고 있나요?

16

내 머리로는 숫자를 헤아릴 수조차 없는 거리를 달리고 달린 오토바이라네요. 외삼촌이 프놈펜에서 사온 중고 오토바이요. 중국산보다 성능이 우수한 한국산이라 외삼촌은 값을 많이 깎지 못했대요.

아빠, 한국의 길들을 굽이굽이 누렸을 이 오토바이를 삼촌이 끌고 온 날 내 가슴이 흥분으로 벌떡벌떡 뛰었어요. 광택 칠이 벗어진 오토바이 몸뚱이 곳곳을 눈으로, 손으로 쓰다듬었지요. 어쩐지 낯설지가 않았거든요. 우리가 살았던 다가구주택이 있는 의정부

골목골목을 누빈 적이 있을 것만 같았어요.

외할아버지와 외할머니, 외삼촌이 달라붙어 오토바이 뒤에 달 짐칸을 만드는 옆에서 하루 종일 나는 웃음을 흘렸지요. 못질을 하는 외삼촌 옆에서 길이와 굵기가 비슷한 나무판자들을 골라 가지런히 모았지요. 나무판자들로 네모난 짐칸을 완성한 것은 어스름이 깔린 후였어요. 내 주먹이 들락거릴 만한 틈들이 많았지만 외삼촌과 나는 그날 저녁도 먹지 않았어요. 기분이 얼마나 좋았는지 먹지 않아도 배가 불렀거든요.

17

오토바이는 차가 닿지 않는 마을들을 놀았어요. 나는, 옷과 신발과 장난감과 솥단지 등이 꽉 찬 오토바이 짐칸에 올라앉아 한낮에는 꾸벅꾸벅 졸다가 땀을 흥건히 흘리며 잠에 빠지지요. 오지 중의 오지에 들어갈 때 오토바이는 몸살을 앓아요. 바퀴가 진흙탕에 빠져 헛발질만 계속하지요. 나는 짐칸에서 폴짝 뛰어내려 외삼촌 뒤에서 오토바이를 밀어주고 흙탕물을 흠뻑 뒤집어쓰지요. 갑자기 큰비를 만나 오토바이 짐칸을 비닐로 감싸야 하는 것에 비하면 쉬운 일이에요. 외삼촌을 도와 짐칸 틈새에 끈을 묶어 주렁주렁 매달아놓은 물건들까지 감싸고 나면 몸에서 힘이 스르륵 빠지지요. 햇볕이 쨍쨍 내리쬐다가 투두둑 비가 쏟아지는 일은 자주 일어나요.

니카!

길 위의 나날이 열흘 넘게 흘렀을 때 니카를 보았어요. 세상 끝에 온 듯 적막한 속에서 만난 니카의 웃음은 작고 다소곳해요. 시간이 지날수록 은근해지고 빛이 나는 달걀 노른잣빛 웃음요.

오토바이는 반나절 넘게 산길을 달려 바나나 잎으로 지붕을 인 집들이 드문드문 박혀 있는 마을에 당도했어요. 나무판자로 벽을 세운 집에서 나온 여자들에게 외삼촌은 양철 바케스를 세 개나 팔았지요. 짚을 엮어 문을 단 집을 지나치려는 외삼촌을 불러세운 것은 니카 엄마였어요. 그녀의 뒤에 니카가 서 있었지요. 한 손으로는 제 엄마의 치맛자락을 잡고, 고개를 내밀었다 감췄다 하면서 니카가 나를 바라보았어요.

뒤로 달랑 묶은 머리카락이 삐져나와 양쪽 볼에 흘러내린 니카를 나는 똑바로 쳐다보지 못했어요. 나무 한 그루 풀 한 포기 없는 황토색 마당에는 얼굴이 붉어진 나를 가려줄 게 없었어요. 외삼촌이 캄보디아어로 몇 마디 건네면서 니카의 얼굴을 쓰다듬었어요. 나에 대해 말하고 있다는 것을 직감으로 알아챘지요. 니카가 고개를 끄덕끄덕하면서 나를 바라봤어요.

아빠, 외삼촌이 니카 엄마에게 킴보디아 밀로 내 나이를 말했어요. 덥 모이. 나는 똑똑히 들었지요. 열한 살. 나는 벌써 열한 살이 되어버렸다고요, 아빠……

니카의 엄마가 파란 플라스틱 바가지에 떠온 물을 내밀 때까지 나는 멍하니 서 있었어요. 호석이가 아홉 살이라고, 벌써 초등학교 갈 나이가 지났다고 생각하면서요.

눈부신 햇살에 얼굴을 찡그릴 때마다 눈이 초승달이 되는 니카와 나란히 서봤어요. 키가 나랑 비등비등해요. 나이도 나랑 동갑이래요. 나는 니카와 눈이 마주칠 때마다 땅으로 시선을 내려뜨렸어요. 붉은 진흙이 말라붙은 신발 앞코가 보이면 얼굴이 달아올랐어요.

외삼촌은 니카 엄마에게 커다란 냄비를 팔았어요. 니카의 엄마는 냄비를 들고 이리저리 돌려보며 선뜻 돈을 내놓지 않았어요. 외삼촌이 무슨 말을 할 때마다 고개를 끄덕거리며 잇몸을 훤히 드러내며 웃기만 했지요. 나는 외삼촌이 무슨 말을 하는지 알아요. 도시에서 식자재를 싣고 이곳까지 오는데 오토바이가 얼마나 많은 기름을 먹는지, 산골 마을까지 오려면 우리가 몇 끼의 식사를 해야 하는지…… 나는 흥정이 오래 계속되기를 바랐어요. 니카가 제 엄마 옆에 서서 나를 보고 있었거든요. 까만 눈동자 가득 넘칠 듯한 웃음을 품고서요. 눈을 찌를 듯이 강렬한 아지랑이가 나비처럼 펄럭거리며 마당 가득 떠다녔지요.

외삼촌은 니카의 엄마에게 냄비 값으로 닭 한 마리를 받았어요. 닭의 오른쪽 발목을 노끈으로 묶어 오토바이 짐칸의 틈새에 연결하는 동안 제 가슴이 벌렁벌렁 뛰었어요. 부끄러워서 빨리 니카

앞에서 달아나고 싶은 마음과 니카를 오래 보고 싶은 마음이 섞이며 심장이 쿵쿵쿵 소리를 냈어요.

나는 오토바이에 올라 시동을 걸고 있는 외삼촌의 등짝만 바라보면서 짐칸 한쪽에 콕 처박혀 있었어요. 고개를 한 번만 돌렸어도 니카를 볼 수 있었을 텐데요. 흙마당에서 낡은 티셔츠 앞자락을 꼬아 입에 물고 서서 나를 바라보고 있는 니카를요.

다행히 오토바이가 떠나기 전에 니카가 달려와 내게 망고를 내밀었어요. 엉겁결에 받아든 망고를 쥔 손이 얼어붙은 듯이 움직이지 않았어요. 니카에게 손을 흔들어주고 싶었지만 꼼짝도 하지 않았어요.

니카네 집을 떠나는 오토바이 소리가 부서질 만큼 크게 붕붕 울렸어요. 흙마당에 서서 내게 손을 흔드는 니카가 점점 멀어졌지요.

20

니카의 아빠는 국경 근처의 깊은 산속에 들어가 몰래 나무를 베다가 총에 맞아 그 자리에서 죽었대요. 그런데도 니카를 보면 노란 나비들이 떼 지어 날아오를 때 우우 일어나는 빛이 뿜어져 나와요. 애당초 아빠라는 사람이 있어야 이 세상에 나올 수 있다는 것도 모르고 있는 듯한 미소요.

니카의 웃음을 떠올릴 때면 제 속에서 수백 가지 색깔의 비눗방울이 폭폭 터지며 무지갯빛이 되어요. 행복하게 해주겠다고 엄마를 꼬드길 때의 아빠 얼굴이 그려져요.

아빠는 캄보디이에 기면 일자리가 있다는 선배의 말만 믿고 무작정 비행기를 탔는데, 선배가 꾸리고 있다던 식당은 장사가 안 돼 문 닫기 직전이었다고 했지요. 그 와중에 마사지를 하러 갔다가 엄마를 만나지 않았으면 메콩 강 물에 몸을 던졌을지도 모른다고요. 아빠가 뒤늦게 엄마에게 그 사실을 털어놓았던 날, 집에서 구워 먹었던 삼겹살 냄새를 잊을 수가 없어요. 공장이 쉬는 날이라 외삼촌이 집에 왔고, 호석이와 나는 팽팽해진 배를 두드리며 잠에 빠졌지요.

엄마도 만난 지 얼마 안 된 아빠와 함께 캄보디아의 긴 백사장을 거닐었을 때가 제일 행복했다고 했어요. 스무 살이 넘을 때까지 그렇게 멋진 바다는 처음 봤다고요. 끝없이, 끝없이 웃으며 바닷물에 몸을 날리며 놀았다지요. 평일이라 텅텅 비어 있는 방갈로에 몰래 들어가 아빠와 긴 잠을 자고 나오면서, 아빠를 따라 한국에만 가면 잘살게 될 거라고 여겼다지요. 발가락 사이로 들어와 간지럼을 태우며 빠져나간 흰 모래가루처럼 가볍고 부드러운 인생이 기다리고 있을 거라고. 서양 사람들이 오랜 시간 비행기를 타고 날아와 구경하는 해변이 집에서 멀지 않은 곳에 있다는 것을 그때껏 모르고 산 게 조금 억울했다지요.

21

산속 외딴 마을까지 갔다가 돌아나오는 동안, 내 자리는 점점 좁아졌어요. 돌부리에 바퀴가 걸릴 때마다 밧줄로 묶인 짐들에 팔과 무릎과 머리를 짓찧으며 시퍼런 멍자국을 만들었지요. 지나온 마을에서 사온 돼지가 짐칸 한구석에서 쉬지 않고 꿀꿀거렸고요.

외삼촌은 돼지를 집에 데려가 키울 거라고 했어요. 나보다 몸집이 작은 녀석이에요. 마음껏 누빌 만큼 오토바이 짐칸이 넓지 않은데도 녀석은 사지를 길게 뻗으며 끙끙거렸어요. 니카의 웃음을 떠올리지 않으면 버티기 힘든 냄새까지 뿜어내면서요.

눈깔사탕처럼 크고 맑은 니카의 검은 눈동자를 떠올리면 프엉의 집 가족사진첩 속에 들어 있던 엄마의 얼굴이 생각나요.

22

왕파리가 떼로 드나들 정도의 구멍이 뚫려 있어요. 외삼촌이 헛간에서 챙겨 오토바이 짐칸에 대충 쑤셔넣어온 해먹요. 개구리가 드나들 만큼 옴팍 삭은 곳도 있어요.

구멍이 숭숭 뚫려 있어서 좋은 점도 있어요. 자다가 오줌이 마려워도 신발을 찾아 신고 밖으로 나가지 않아도 돼요. 몸을 휙 뒤집어 반바지를 내리고 구멍 속으로 고추를 밀어넣은 다음 오줌을 내보내지요. 해먹 밖으로 나가다가 외삼촌의 잠을 깨우는 일도 없고요. 그런 방법을 몰랐을 때는 밤에 오줌을 싸러 풀숲에 나갔다가 뱀을 밟은 적도 있어요.

진짜 깊은 잠은 밤중에 일어나 구멍난 해먹 사이로 시원스럽게 오줌을 내보낸 이후에 찾아들지요. 잠의 바다 깊은 곳으로 내려가 어느 때는 내 오줌으로 무럭무럭 자라는 풀들과 뒹굴면서 놀 때도 있어요. 아빠, 엄마 아빠가 일하는 농장의 알로에도 지금 무럭무럭 몸을 불리고 있나요? 얼마나 더 알로에가 자라야 아빠가 우리를 데리러 올 수 있을까요?

도봉산 자락 밑의 전망 좋은 집, 기억나요?

마을 제일 높은 언덕에 있는 삼층짜리 다가구주택요. 집에서 나와 몇 걸음만 걸어올라가면 산자락의 흙과 풀과 나무뿌리를 밟을 수 있다고 아빠가 좋아했잖아요. 길 가다 발길을 멈추고서 세를 내놓은 삼층집을 올려다보려고 높이 쳐든 아빠의 고개가 한동안 움직이질 않아서, 나는 목이 부러져버린 줄 알았다고요. 꼭대기층이라 옥상도 쓸 수 있겠다며 아빠는 입이 벌어졌지요. 그렇지만 돈이 부족하다고 했어요. 사방이 트인 집으로의 이사는 훗날로 미루자고 결론을 내리던 아빠의 얼굴에 쓸쓸한 미소가 어렸지요. 그래도 길가의 파란색 대문집 앞에서 우리 네 식구는 옥상 바닥에서 지글지글 익어가는 삼겹살을 눈앞에 둔 것처럼 들떠 있었어요.

아빠, 호석이는 엄마의 손을 나는 아빠의 손을 잡고 도봉산에 가기 위해 동네의 언덕 끝까지 오르며 웃었던 그날을 꿈속에서라도 다시 만날 수 있을까요? 세상의 꽃들이 다 몰려나와 있었던 그 봄날을요.

방과 거실과 베란다 유리창으로 꽃 핀 시내가 들어오는 집에 세들기 위해 열심히 돈을 모아야겠다고 다짐하던 아빠의 나이가 마흔 살이 넘었다는 것을 그때는 몰랐었지요. 내 유치원 선물로 노란색 운동화를 사왔을 때 아빠는 이미 손가락 몇 개만 더 헤아리면 쉰 살이 되는 가장이었지요.

23

아빠, 독거미로 돈을 벌고 있는 니카를 봤어요.

고기와 채소와 생선을 무더기로 올려놓고 파는 커다란 시장에서 구경꾼들에게 둘러싸여 있는 여자아이가 니카라는 것을 처음에는 몰랐어요.

니카 엄마는 니카 옆에서 거미튀김을 팔면서 가끔씩 외쳤지요. 니카의 몸을 기어다니는 거미 중에 독거미가 섞여 있다고 말하는 거라고, 외삼촌이 말해줬어요. 환하게 웃으며 서 있는 니카의 손에 돈을 쥐어주고 얼른 뒤로 물러서는 외국인 관광객들도 있었지요. 나는 독거미가 니카를 물까봐 다리가 후들후들 떨렸어요. 식은땀이 흘렀어요. 그런데 외삼촌은 코코넛 속살로 만든 국수를 손에 들고 다니며 후룩후룩 먹다가 툭하면 웃어댔지요. 니카 엄마에게 거미튀김을 얻어먹기도 하면서요.

나는 화가 나서 외삼촌이 옷가게 옆에 세워둔 오토바이 쪽으로 달려왔지요. 짐칸 한쪽의 돼지를 발로 툭 차버렸어요. 그동안 녀석 때문에 발을 길게 못 뻗고 달려온 분풀이를 하듯이요. 녀석이 숨을 쉭쉭 몰아쉬며 나를 올려다봤어요. 바닥에 눕혀서 밧줄로 묶어 오토바이 짐칸에 부렸으니 녀석도 답답하겠지요. 성깔이 장난 아닌 놈들은 집에 도착하기도 전에 길에서 숨이 넘어가기도 한다나봐요.

삼촌이 시장을 어슬렁거리며 이것저것 구경하고 다니는 동안 나는 오토바이 짐칸에서 돼지가 시끄럽게 꿀꿀거리는 소리를 참아냈지요. 죽지 마. 좀 더 가야 돼. 녀석을 윽박지르면서요.

한참 후에 니카가 거미튀김을 담은 봉지를 들고 뛰어와 내게 내밀었어요. 아무 말도 하지 않았지만 나를 만나 무척 반가운 듯 했어요. 나는 바늘을 통째로 삼키는 듯했어요. 거미 한 마리가 니카의 목덜미를 지나 얼굴로 기어오르고 있는데도 손을 뻗지 않았어요. 몸에 다닥다닥 거미를 붙이고 서서 웃고 있는 니카가 무서웠어요. 어떤 놈인지 모를 독거미가 내게로 옮겨 올까봐 무서웠다고요. 웃는 얼굴로 거미튀김을 내밀다가 니카가 조용히 돌아가는 것을 보면서 입술을 꾹 물었지요. 뭔가를 잔뜩 참으면서요.

24

그날 밤, 시장을 나와 몇 개의 마을을 들른 후에 친 숲가의 해먹에서 나는 한숨도 못 잤어요. 니카가 거미튀김을 내밀었을 때 고개를 훅 돌려버린 게 떠올라서요. 우기에 폭삭 무너지는 흙담처럼, 큰비에 떨어져 마당을 뒹구는 꽃들처럼 얼굴이 따갑고 화끈거렸어요. 한순간에 펑 사라져버리고 싶었지요. 밤이 깊어 개울물 소리가 진해질 때까지요.

독거미로 온몸을 감싸고 있는 니카 뒤에서 악마가 심술궂게 웃

었어요. 독거미가 니카의 몸에서 빨아낸 피를 뿜어냈지요. 니카의
입에서도 검붉은 피가 출렁출렁 쏟아져 나왔어요. 거대한 핏줄기
앞에서 울어대는 나를 외삼촌이 흔들어대며 달랬지요. 조금만 더
자. 곧 아침이 올 거야. 꿈인 것을 알고 난 후에도 나는 캄캄한 어
둠 속에서 소리 없이 울었어요.

　냇가에서 돌덩어리를 괴어 아침밥을 하면서 외삼촌이 말했지
요. 니카의 몸에 붙어 있는 거미들 중에 독을 품은 건 한 마리도
없다고요. 나는, 구경꾼들 앞에서 독거미에게 물릴까봐 공포에 떠
는 니카의 눈을 봤다고 말했지요. 외삼촌은 어린애를 상대로 말씨
름하기 싫다는 듯이 돌덩어리 밑에서 타고 있는 나뭇가지를 들쑤
시며 입김을 후후 불어넣었어요.

　아빠, 없이 살아도 마음이라도 편하려고 무리해서 보험을 들었
다는 트럭기사의 말이 사실이겠지요? 가진 게 트럭 한 대뿐이어
서, 온갖 보험을 다 들어놨다는 말요. 캄보디아 아내의 사망보험
은 순전히 아내가 원해서였다는 말도요.

　트럭기사만이 알고 있을까요? 아니면 그도 알 수 없는 게 있었
을까요? 외삼촌이 그러는데, 이 세상에는 신만이 알 수 있는 것들
도 있다네요.

25

그동안 장사해서 번 돈을 헤아리며 외삼촌은 웃고 떠드느라 한

시도 입을 달아두지 않았어요. 우기가 지나고, 다음 장삿길에 나설 때는 반드시 새 해먹을 살 거라네요. 산속에서 잘 때 독뱀이 뚫고 들어오지 못하게 밑바닥이 두꺼운 천으로 덧대진 것으로요.

오토바이 보부상들이 외딴 마을에 가서 팔 물건들을 떼고 외상값을 갚는 시장에서 오래 머물렀어요. 외삼촌이 새로운 물건들을 사고 있을 때, 나는 근방에서 새를 파는 아주머니에게 달려갔지요.

새장에 갇힌 새를 날려보내주는 것은 복을 받기 위해서라고 해요. 외삼촌이 오기 전에는 외할머니가 왜 내 손에 억지로 새를 안겨주면서 날려보내라는 시늉을 하는지 알 수가 없었어요. 머리에 개구리튀김과 채 썬 망고를 가득 이고서 사원 앞을 지날 때마다 외할머니는 새 장수에게 돈을 주고 새를 샀지요. 아침 일찍 사원 뒤쪽 담장 밑은 꽃과 과일과 새를 파는 사람들로 아우성이에요. 외할머니의 웅얼웅얼하는 말이 끝나기도 전에 나는 새를 놓아버렸어요. 외할머니가 바람 빠지는 소리를 내며 픽 웃어버린 이유를 이제 알 것 같아요. 내가 매번 소원을 빌지도 않고 새를 날려버린 것이지요.

아빠, 오백 리엘을 주고 새 한 마리를 샀어요. 그런데 무슨 기도부터 해야 할지 머릿속이 복잡했어요. 엄마 아빠가 알로에 농장에서 일을 잘하게 해달라고, 독거미가 니카를 물지 않게 해달라고, 그리고 프엉……

너무 오래 생각하는 바람에 새를 양손으로 꽉 쥐고서 날려주는 것을 깜빡했지 뭐예요. 외삼촌이 나를 찾으러 왔을 때까지 나는 새를 날려보내지 못했어요.

프엉은 우기가 되면 집을 떠나 크라티에로 갈 거래요. 돌고래를 보러오는 관광객을 싣고 바다로 나갈 거라네요. 프엉이 외갓집에 찾아와 그 말을 할 때 외삼촌은 평상 모기장 속에서 꾸벅꾸벅 졸면서 고개를 끄덕였지요. 다음 날 날이 밝으면 오토바이를 끌고 첫 장사를 떠나야 했거든요. 적막한 메콩 강 멀리에서 돌고래의 둥근 등이 쑤욱 올라오는 해질녘이 눈물 날 만큼 아름답다네요. 그 말을 내게 해주면서도 외삼촌은 눈에 잠을 묻히고 있었지요. 프엉은 돌고래를 보러 크라티에에 꼭 가겠다는 외삼촌의 말을 듣고서야 해진 슬리퍼를 질질 끌며 돌아갔어요.

옛날 옛날에 욕심 많은 부모가 딸을 뱀에게 시집보냈대요. 뱀이 신인 줄 알고요. 결혼식날 뱀은 부인을 삼켜버렸어요. 소녀를 구하기 위해 신께서 어부를 보냈고, 어부가 뱀의 배를 가르자 소녀가 튀어나왔지요. 소녀는 부끄러워 강 속으로 숨었고, 메콩 강이 소녀를 아름다운 돌고래로 바꾸었대요.

아빠, 그렇게나 많은 사람들이 새장을 통째로 사서 새를 날려주는데도 왜 새장은 밖으로 나가려는 새들로 꽉 차 있고, 매일 아침 시장이나 광장이나 사원 옆은 새를 사고파는 사람들로 우글거리는 걸까요?

다음에 새를 사면 엄마 아빠를 하루빨리 보게 해달라고 빌 거예요. 그날이 어서 와서, 갈 곳 몰라 내 가슴속에 켜켜이 쌓인 말들을 풀어놓을 수 있게 해달라고요.

26

숲 그늘에 해먹을 치고 낮잠을 자기로 했어요. 땡볕에 머리통을 태우고 땀을 비 오듯 쏟으며 달려가봤자 사는 건 매양 똑같다고 외삼촌이 말했어요.

두리안은 천국과 지옥의 맛을 품고 있대요. 금방이라도 떨어질 듯 몸을 헐렁하게 늘이고 있지만 차돌멩이보다 단단하게 나무와의 거리를 유지하며 웃고 있어요. 둔중하고 묵직한 웃음으로 아주 아주 의뭉하게요.

툭 소리를 내지르며 떨어지는 두리안을 주우러 숲으로 들어가는 것은 외삼촌이에요. 잘못하다간 떨어져 내리는 두리안에 맞아 머리통이 박살날 수도 있대요. 그래서 어린아이는 함부로 두리안 깊은 숲속에 들어가면 안 된대요.

외삼촌에게 한국에서 일어난 캄보디아 아내 살인사건에 대해 물어보려다 참았어요. 그들이 엄마 아빠인 것만 같아 불안하다고, 그래서 밤마다 잠자다 일어나 울었다고, 목까지 차오른 말을 꾹 눌러준 것은 달콤한 과즙이에요.

두리안 탱글탱글한 속살을 입안 가득 밀어넣고, 톡톡 터져나오는 즙을 질질 흘려가며 먹다보니 배가 빵빵하게 불러왔어요. 한숨 늘어지게 자고 싶을 만큼요. 금방이라도 눈물이 쏟아질 것 같은 마음이 사라졌지요.

고개를 한껏 쳐들어도 끝이 보이지 않는 열대의 나무들 속에서 새들도 낮잠을 자는 모양이에요. 나는 가슴이 울렁거려서 금방 숨이 넘어가버릴 것 같아요. 몸과 마음을 붕붕 뜨게 하는 게 무엇인지 모르겠어요. 바람에도 끄떡 않고 거센 빗줄기에도 유유한 숲의 열기인지, 이 길이 끝나는 곳에서 만나게 될 니카인지. 집으로 가는 길에 거치게 될 시장에서 장날에 나올 니카를 볼 수도 있다네요. 니카에게 독거미에 대해서는 묻지 않으려고요.

나무와 나무 사이에 단단히 친 해먹에 몸을 누이는 순간, 내 얼굴에 묵직하고 차가운 빗방울 같은 게 톡 떨어졌어요. 밤 사냥을 위해 잠을 자고 있는 박쥐 놈이 싸갈긴 똥이었을까요?

짐승의 아가리 속처럼 진하고 어두운 숲의 향기에 정신이 아득하네요. 밤의 사냥에서 돌아와 곤한 잠에 빠진 박쥐들의 오줌발로, 근방의 이웃나라에서 넘어온 바닷바람으로, 뭉게구름에 업힌 햇살의 푸진 웃음으로 몸을 탱글탱글 불린 열대의 숨결은 나를 달큰하게 휘감아 하늘보다 높은 멀리로 날려주지요.

해먹에 몸을 실어본 적이 있는 사람들은 알아요. 해먹이 얼마나 대단한 요술을 부리는지. 갖은 요술 속에서 사람을 얼마나 먼 곳으로 데리고 가는지. 내가 몸을 공중에 띄워 하늘 속으로 뛰어드는 것인지, 해먹이 나를 실어나르는 것인지 모든 게 몽롱해져요. 구름을 타고 떠돌며 연기처럼 걱정이 날아가지요.

엄마 아빠가 허리띠를 졸라매고 번 돈을 모아 마련하는 집은 갑갑할 것 같아요. 외할아버지가 장어들을 잡기 위해 강 속 깊숙이에 숨겨놓은, 길게 속을 파낸 좁다란 통나무 속처럼 검고 어둑할 것만 같아요. 어느새 내 몸과 마음이 훅 커버려서 그 집으로는 들어갈 수 없을 것만 같다고요.

아빠, 숨 막힐 듯 빽빽한 저 두리인 숲 니머에 무엇이 있을까요?
보이지 않는 나무들 사이 저 아득한 공백 너머요……

27

허기진 듯 털털거리며 달려가는 오토바이 짐칸이 점점 넓어졌
어요. 집에 돌아갈 날이 가까워졌지요.

오지 마을을 돌면서 번 돈을 털어서 외삼촌은 또 돼지 한 마리
를 샀어요. 순하고 얌전한 녀석이에요. 외갓집 뒷마당에 나무 울타
리를 쳐서 두 녀석을 붙여놓을 거래요. 많이많이 먹여 살을 찌우고
새끼를 받을 거라고, 근수가 많이 나가면 시장에 내어 비싼 값으로
팔 거라고 흡족해하는 외삼촌을 보면서 녀석들이 가엾어졌어요.

사람들의 눈물과 땀까지 보태져 온통 물로 넘쳐나는 우기 동안
녀석들은 무럭무럭 살이 오르겠지요. 어미와 헤어지는 줄도 모르
고 새끼들은 벌쭉벌쭉 젖을 빨아먹으며 새근새근 잠을 자겠지요.

아빠, 녀석들에게 내 바나나를 먹여줬어요. 녀석들은 노끈으로
묶지 않았는데도 팔리지 못한 살림살이들이 다치지 않게 얌전히
서서 내가 주는 바나나를 받아먹었어요.

제가 싸질러놓은 똥무더기 옆에서도 쿨쿨 잠을 자는 이 녀석들
이 나는 좋아요. 녀석들은 보험금 때문에 바나나를 나눠먹은 제
짝을 죽이지는 않으니까요.

28

길에서 비를 만나는 시간이 잦아졌어요. 곧 우기가 닥칠 신호라네요.

팬 웅덩이마다 빗방울들이 방울방울 모여 반짝 별을 만들다가 사라져요. 감쪽같이 사라졌다 나타나는 수많은 물방울 별들은 니카의 미소를 닮아 있어요.

빗소리는 무겁고 축축해요. 우기에는 길이 나빠 산골 마을로 물건을 팔러 다닐 수 없대요. 등허리를 활처럼 구부리고 페달을 밟는 외삼촌의 등에서 더운 바람이 훅 일었어요.

아빠의 머리통보다 큰 두리안들이 우람한 나무에 헐렁헐렁 붙어 있는 빗속 검은 숲길을 지나는 지금, 진흙탕 속을 빠져나오는 오토바이 소리가 요란해요.

북화의 백한 번째
생일을 위하여

남자의 헐떡거림이 잦아들었을 때 여자는 고개를 돌려 방 벽에 걸린 시계를 보았다. 둥근 유리판 속에서 분침과 시침이 한 몸처럼 붙어 2자를 살짝 비켜나고 있었다. 벌써 하루가 반 토막이 났네…… 몸에 달라붙어 있는 남자를 떼어내고 싶은 충동이 일었다. 왜 늦게 오고 지랄이야. 전복죽까지 끓여놓고 가려면 빠듯하겠어……

"언제 내장산 가자. 단풍이 기가 막혀. 내가 호텔 잡아놓을게. 산 밑에 족발 끝내주게 하는 집 있어. 막걸리 맛도 기차다고."

작년에는 보쌈집이라고 하지 않나? 동동주라고 했던 것도 같고…… 여자는 심드렁히 남자의 몸을 어루만졌다. 단풍이라면 이 집에서도 눈에 물리게 봐왔다.

커튼을 젖히면 거실 통유리창 가득 우면산이 들어오는 저택의 이층에서 여자는 오 년을 넘게 보냈다. 북화가 낮잠을 자는 시간,

무연히 들어오는 산의 풍광에 불현듯 몸을 떨기도 했다. 정신없이 돌고 돌다 맞닥뜨린 기이한 꿈결에 옴짝 파묻힌 느낌이었다. 금빛 햇살 속에서 새가 우짖고, 꽃들이 피었다 지고, 그림 같은 눈송이가 폴폴 날렸다. 그 속에서 막 씻겨 재운 북화가 아이처럼 보일 때도 있었다. 똥오줌을 못 가리는, 가끔씩만 제정신이 돌아오는 노인이라는 게 영 믿기지 않았다.

"마누라 친정 가는 날 가자고."

마누라 무서워서가 아니라 돈이 없어서겠지. 호텔은 무슨. 족발과 동동주도 입으로나 구워 삶으시지…… 여자는 또 벽시계 쪽으로 가려는 시선을 의도적으로 막았다.

먼발치에서라도 남자의 아내를 본 적은 없었다. 남자에게 실제로 아내가 있는지, 있지만 별거를 하는지, 별거를 하지는 않지만 잠자리는 않고 사는지 여자는 궁금하지 않았다. 그러다 어느 날 문득, 남자가 아내를 자주 들먹이는 것은 가벼운 주머니 사정을 변명하기 위해서임을 알았다. 남자의 말대로라면 남자의 아내는 늘 돈타령을 해대고, 두 딸은 한시도 입을 닫아두지 않고 먹어댔다. 싱싱한 참치의 빛나는 눈알을 상에 올린 대가로 받은 팁까지 긁어가는 아내와 딸년들 때문에 남자는 두 시간 넘게 여자의 아랫도리를 탐한 날에도 순댓국 한 그릇을 통 크게 사주지 않았다.

늦은 밤 일식당 주방에 딸린 골방에서 처음 몸을 섞던 날, 남자는 여자의 목덜미에 더운 숨을 품어대며 속삭였다. 강남 거리에 내 친구들이 쫙 깔렸어. 단속 뜨면 내게 바로 연락 주기로 했다고. 불법으로 일하는 거 사장이 아냐? 경찰보다 사장이 더 무섭겠는걸…… 여자가 신분을 숨기고 일해온 일식당 부근의 모텔 거리에 출입국 경찰들이 뜬 게 한 달 새 두 번이었다. 수원에서 조선족 남자가 저지른 살인사건 때문에 불법체류자 단속이 강화된 즈음이었다. 위장결혼이 탄로나 일시보호소 생활을 할 때 한방을 썼던 정숙 언니가 불시에 들이닥친 경찰들을 피해 주방의 음식물 쓰레기통 속으로 들어가 머리까지 처박은 덕으로 위기를 모면했다는 말을 전해들은 후였다.

"하 씹할년 좇나 맛있다. 씹할년. 씹년아."

또다시 흥분해 숨넘어갈 듯 헉헉대는 남자에 맞춰 여자는 살살 엉덩이를 돌렸다. 오븐에서 막 꺼낸 생선찜에 사천성 고추기름을 바를 때처럼 가벼우면서도 힘 있게. 원한다면 오늘은 남자를 보채며 좀 더 오래 뜨거운 몸을 즐길 수도 있다. 아래층의 주인 부부는 유럽 여행 중이고 돌아올 날이 보름도 더 남았다. 그리고 북화, 이 집 안의 진짜 주인인 북화는 지금 수면 중이다. 언제 눈을 떠서 성가시게 굴지 몰라 불안에 떨지 않아도 된다. 몸 위에서 헐떡대고 있는 이 남자가 북화에게 수면제를 먹였다.

"말해봐 씹할년아. 더 박아달라고 말해……"

안으로 돌진해 들어오는 남자의 머리통 너머로 여자는 벽시계를 올려다보았다. 남자가 거친 숨을 몰아 용틀임하듯 방사를 해대려면 얼마나 기다려야 할지 알 수 없었다. 밤 열 시까지 마포의 촬영장에 가려면 해야 할 일들이 많았다. 북화의 똥 기저귀도 아직 빨지 않았다.

"좋아? 좀 더 할까?"

희열을 위해서라면 얼마든지 몸을 조절할 수 있다는 자신감으로 남자의 눈빛이 번득인다. 사정을 끝내고 누워 있을 때도 남자의 물건은 팽팽했다. 정염으로 피로해진 몸에 옷을 꿰입는 여자를 급하고 격하게 눕히기 일쑤였다. 가난한 부모가 성기 하나만은 튼실한 것을 주었다고, 자랑이 늘어졌다. 왕성하게 살아 있는 것은 그것밖에 없어서 구린 것도 가리지 않고 닥치는 대로 욕구를 채우기로 작정한 사람 같았다.

여자가 일식당에서 쫓겨난 후에도 남자는 자주 핸드폰을 걸어왔다. 한 달에 두 번인 휴일에 여자는 주로 일식당 부근의 모텔에서 남자와 몸을 섞었다. 생선 매운탕을 끓여 직원들 밥상에 올려주고 허겁지겁 식당을 빠져나왔을 남자의 몸에서는 비릿한 냄새가 흘러나왔다. 근무 시간에 자리를 비우는 것을 입막음하기 위해 남자는 손님상에나 올려야 할 비싼 식재료를 아끼지 않았다.

"북화 말야. 유언장을 잘못 썼어. 백오십 세로 했어야지. 요즘 백 세는 기록세울 만한 나이도 아니지 않나?"

알몸으로 뒹굴거리며 남자가 묻는다.

"오래 살고 싶어서 그랬겠어? 의식 없을 때 버림받을까봐 두려웠겠지. 아들에게 숙제 같은 것을 주고 싶었는지도 몰라."

"숙제?"

"많은 재산을 거저 받게 되는 것에 대한 대가. 세상엔 공짜가 없으니까."

말을 해놓고 보니 제법 그럴듯해 여자는 제 입에서 나온 말이라는 게 믿기지 않았다.

"아쉽다. 북화가 치매에 걸리지 않았다면 유언장을 다시 쓰게 하는 건데. 백세가 아니라 백오십 세까지 집에서 모셔야 유산을 주겠다고."

"백오십 살까지 산 사람이 있다는 얘기는 들어보지 못했는걸?"

"그러니까 의미가 있지."

"북화도 재산이 아들에게 떨어지기를 바랐을 거야. 그렇게 실효성 없는 유언장을 써서 사회에 환원하고 싶겠어?"

"죽으면 끝이지. 재산이 사회로 환원되건 아들에게 가건 죽은 사람에게 그렇게 중요한가?"

여자는 북화가 아들을 몹시 사랑했다는 말을 하려다가 말았다. 스르륵 졸음이 밀려왔다. 열린 창으로 초가을 바람이 간지럼 태우듯 불어왔다.

앞마당 정원에서는 모과가 익어가고, 바람은 시시각각 살랑거렸다. 새가 울었고 우람한 나무들 사이에서 솔향기가 퍼져올랐다. 북화가 감쪽같이 사라진 것 외에는 달라진 게 없었다. 여자는 불난 듯이 위아래 층을 오르내리며 북화를 찾았다.

도대체 수면제는 어디서 난 거야? 무슨 작정으로 그것을 먹여? 안 그래도 정신이 없는 노인네에게…… 남자에 대한 원망이 솟았다. 걸쭉하게 간 토마토 즙을 남자에게 넘겨주고 베란다에 나가 이불을 널고 왔을 때, 남자가 북화의 입에서 숟가락을 빼내며 말했다. 수면제 탄 줄도 모르고 잘도 받아먹네. 충분히 백 살은 넘게 살겠어. 여자는 계단을 오르며 주먹 쥔 손으로 제 가슴을 펑펑 쳐 댔다. 내가 미친년이야.

또다시 열어본 북화의 침실은 텅 비어 있었다. 북화를 품에 안 아 뉘었던 침대가 휑했다. 북화, 어디에 숨은 거야? 오늘은 술래잡 기를 할 수 없어. 여자는 침대 옆의 빈 휠체어를 보며 무너지듯 방 바닥에 주저앉았다. 눈앞의 일이 믿기지 않았다. 간밤의 부족한 잠으로 무너져 내릴 듯 머리가 무거웠다.

독일의 사촌언니에게 이메일을 보내느라 새벽 무렵에야 잠이 들었다. 오늘 촬영하는 시사 프로그램 〈무국적자, 그들이 갈 곳은 어디인가?〉에 출연해 강력히 호소하겠다는 의지를 보이다가 넋두 리까지 이어졌다. 깊은 잠을 잔 적이 없다고. 오밤중에 일어나 유 령처럼 집 안을 휘젓고 다니는 북화 때문에 잠을 깨면 눈은 벌겋 게 충혈되어 있고, 뼈들이 제자리에서 우르르 일어나 들썩거리는 것 같다고. 머리를 감을 때마다 머리카락이 한 움큼씩 빠져나온다 고. 일주일 전에 북화에게 실컷 언어맞았다는 얘기까지는 졸음이 쏟아져서 쓰지 못했다.

외항선 선장이었다는 북화의 죽은 남편에게 첩이 있었던 것일 까? 죽어, 죽어 이년아. 남의 서방 꼬여내 야금야금 돈 빼먹는 재 미가 쏠쏠했지. 내 손에 죽어봐 이년아. 내 애간장 녹일 때 너는 꿀 맛이었지. 섬망 증상이 온 북화의 기운 센 손에 맞으며 여자는 두 손을 모아 빌어댔다. 살려줘. 내가 잘못했어. 용서해줘.

주인 여자가 강조한 것은 '아이처럼'이었다. 노인네 하나만 아 이처럼 돌봐주면 돼. 아래층에서 일하는 아줌마가 식사 올려주고 청소도 해줄 기예요. 시간이 자나면서야 여자는 '아이처럼'에 숨은 엄청난 함정에 대해 진저리를 쳤다. '아이처럼'의 주체가 누구인지 알 수 없었다. 요괴가 쫓아온다고 칭얼대는 북화에게 여자는 연극놀이에 빠진 아이처럼 등을 대주었다. 얼른 업혀. 빨리 도망가자. 빨리 빨리.

북화가 생떼를 쓰자고 들면 아래층에서 주인 남자가 올라와도 막을 길이 없었다. 주인 남자가 치매 걸린 북화를 요양병원에 보내지 않는 것은 유산 상속 때문이라고 했다. 아래층에서 상주하는 가정부와 정원에서 잔디를 깎던 사내들의 잡담을 통해서 안 사실이었다.

여자는 계단을 두세 칸씩 뛰어 다섯 개의 화장실 문을 일일이 열어젖혔다. 붙박이장들도 빼놓지 않았다. 아래층 주인 부부의 공간으로 들어가는 복도 끝의 중문은 잠겨 있었다. 앞마당으로 이어지는 현관문 앞에서 여자는 탈진하듯 퍼져 내렸다. 단 몇 시간 사이에 지옥과 천국이 오가다니……

아침에 여자는 쌍날개를 펼치며 날아오르는 잠자리보다 가볍고 행복했다. 오늘 찍을 방송의 시청률이 높으면 무국적자 딱지를 떼는 날이 올 수도 있다고, 절로 콧노래가 나왔다. 북화의 머리를 감기는 동안 들은 라디오 음악 방송 남성 아나운서의 목소리도 감미로웠다.

─ 드뷔시는 〈아마빛 머리의 소녀〉에서 긴 속눈썹과 부드러운 금발의 곱슬머리를 가진 처녀를 그리고 있습니다. 소녀의 머리카락은 마치 구름 속 선녀의 머리처럼 부드럽고 따사로우며 그녀의

입술은 붉은 체리 빛깔의 달콤함을 머금고 있으리라 상상됩니다. 어느새 저도 가을 구름 속으로 날아가는 기분입니다. 시월 초하루인 오늘은 하늘빛이 잿빛과 백색 사이를 오락가락할 것만 같은 예감이 듭니다. 아마빛 머리의 소녀가 구름 속을 산책하고 있지는 않을까요?

여자는 북화의 파리한 입술에 체리 빛깔의 립글로스를 발라주었다. 잘 말린 북화의 흑갈색 머리에 금색 펄이 반짝이는 핀을 꽂아주며 절로 웃음이 돌았다. 양털 구름 한가운데 둥실 떠 있는 듯 기분이 좋았다. 커트한 지 얼마 안 돼 밤톨처럼 명랑해 보이는 머리통에 은은한 장미향수를 뿌려주었을 때 북화가 코를 벌름거리며 좋아했다. 새 담요를 깐 휠체어에 앉아 북화는 제비처럼 잣죽을 받아먹었다. 그릇을 다 비우고도 입맛을 다시는 북화에게 여자는 단호히 고개를 저었다. 오늘은 안 돼. 오늘은 나를 좀 봐줘야겠어.

북화에게 많이 먹이면 배변 횟수가 늘어났다. 북화는 최근 들어 기력이 딸렸다. 전처럼 무작정 밖으로 나가려고 몸부림치는 증상도 없어졌다. 그러다 어느 날 스르륵 눈을 감고 저세상으로 가는 것은 아닐까, 싶을 때도 있었다.

그런 몸으로 어떻게 북화가 혼자 집을 나갈 수 있는가?

"밥 있어? 라면 끓여 먹을까?"

알몸으로 사지를 부리고 있던 남자가 방에 들어서는 여자를 보자마자 멋쩍게 웃었다. 늦게 오면서 점심도 안 처먹었어?

"북화가 안 보여."

흰 면팬티 속으로 들어가는, 소금간 한 생선 같은 남자의 물건을 피하며 여자가 말했다. 잠시 전 그것의 힘찬 몽둥이질에 취해 잠에 빠져들었다는 사실을 외면하고 싶었다.

남자는 티셔츠 속에 손을 넣어 뱃가죽을 쓸어내렸다. 안 그래도 홀쭉한 아랫배가 쑥 꺼져 있다. 남자는 정사 후에 언제나 걸신 들린 듯 먹어댔다. 만두 열두 개가 순식간에 없어졌고, 호일에 말린 김밥 한 줄이 눈 깜짝할 사이에 사라졌다.

"잠에서 깨려면 멀었는데. 예닐곱 시간은 푹 잘 수 있는 약이라고. 몸에 해롭지도 않아. 피곤할 때 나도 한두 알씩 먹는다고. 자기 마포 다녀올 때까지 얌전히 잘 수 있을 만큼만 먹였지."

"없다니까. 기저귀 갈아주려고 들어갔더니 없어. 장롱까지 열어봤다고."

여자는 급기야 소리를 질렀다. 오자마자 욕정을 풀기에 바빠 북화에게 수면제를 먹이다니. 남자를 부른 것이 후회되었다.

오늘밤 열 시에 마포에서 인터뷰를 하는 동안 북화를 돌봐줄 사람을 찾다가 남자에게까지 전화를 하고 말았다. 한 달 전, 한국 국적을 박탈당해 무국적자가 된 조선족들을 다룰 예정이라는 연출가의 전화를 받았을 때 여자는 망설임 없이 방송 제의를 받아들였다. 인권변호사를 찾아가 입이 아프게 하소연하는 것보다 방송에서 단 오 분이라도 다뤄주는 게 몇백 배의 효과가 있다고, 같은 처지의 사람들이 이구동성으로 떠들었다. 그동안도 국적을 되찾겠다고 몰려다닌 게 한두 해가 아니었다. 국가인권위원회에서 무국적자들의 인권을 들먹이며 떠들어낸 여파로 그나마 얻은 수확이 있었다. 삼 개월마다 출입국에 가서 체류연장을 신청해야 했던 게 일 년으로 늘어났고, 일시보호해제서 대신 외국인등록증이 발급되어 신분증으로 사용할 수 있게 되었다. 그러나 여전히 무국적자였다. 그것으로는 독일로 가는 비행기를 탈 수 없었다.

밤 열 시가 아니라 오밤중이라고 했어도, 아니 밤새 촬영한다고 했어도 여자는 달려갈 용의가 있었다. 오늘 출연하는 무국적자들의 사정을 고려해서 정한 시간임을 모르지 않았다. 방송 한번 찍는다고 당장 한국 국적이 나오는 것도 아닌 터에 돈벌이를 소홀히 할 수 없을 터였다. 근래 들어 독일에서 날아오는 사촌언니의 이메일이 잦지 않았다면 여자도 오늘의 촬영 약속을 접었을지 모른다.

"현관문 잠갔잖아. 잘 잠겼는지 자기가 확인하는 것도 내가 봤어."

"그렇지?"

여자의 입에서 금방이라도 울 듯한 목소리가 터져나왔다. 남자는 그제야 배를 만지작거리던 손을 멈췄다.

"남화인지 북화인지 걱정 마. 이중삼중 잠긴 문을 어떻게 열고 나갔겠어? 내가 찾아볼게. 집이 넓어서 시간은 좀 걸리겠네. 씨팔, 집이 아니라 성이네, 성. 월급은 많이 줘? 치매 노인네 맡겨놓고 조금 주면 나쁜 놈들이지."

태평한 남자의 말에 또 화가 치민다. 모처럼 부탁이란 것을 했건만. 모든 탓이 남자에게 있는 듯 여자는 눈을 흘겼다.

아침에 또 한번 전화를 해서 일찍 오라고 채근하지 않은 게 잘못이었을까? 남자가 오자마자 순순히 옷을 벗어준 게 잘못이었나? 남자가 내가 없이 휴가를 받시는 않았을 것이다. 보채지 않고도 몸뚱어리를 마음껏 취할 수 있지 않았다면 남자가 휴가까지 받았겠는가.

여자는 정원 한가운데로 길게 뻗어 있는 나무 계단을 뛰어 대문 밖으로 나왔다. 넓게 퍼진 산자락 아래로 고풍스런 집들이 솟아 있는 동네가 낯선 것은 오늘도 다르지 않았다.

택시를 잡으려면 큰길 도로가까지 나가야 했다. 자가용을 식구 수대로 굴리며 사는 동네였다. 초가을 오후의 햇살 속에 묵직하게 서 있는 나무들 사이를 줄달음치다 여자는 걸음을 멈췄다. 북화와 함께 갔던, 우면산으로 이어지는 산책길이 근방에 있었다. 혼자 산에……? 절로 고개가 저어졌다. 가끔씩 정신이 돌아올 때도 북화가 혼자 산에 가는 일은 없었다.

우면산에 패물을 숨겨뒀다는 북화의 말을 여자는 지금도 반신반의했다.

나만 아는 나무 밑에 땅 파고 깊이 묻어놨어. 아래층 며느리 년은 안 줘. 나 몰래 은행 금고에 별것별것 다 감춰놨어. 아래층에서 가정부로 일하는 젊은 년도 안 줘. 며느리 년이랑 짝짝꿍이야. 내 흉 많이 봐. 여자는 북화의 말이 믿기지 않았지만 응수는 해주었다. 며느리도 아네? 나는 누구야?

지난번 여편네가 착실했어. 딸이 아프다잖아. 가끔 거짓말을 해대서 탈이야. 힘들어서 도망갔어. 내 옆에 오래 있으면 나중에 보석을 선물로 주려고 했는데…… 북화의 입에서 그 말이 쏟아졌을 때에야 여자는 놀란 눈으로 북화를 보았다. 말짱하게 정신이 돌아와 있는 얼굴이었다.

북화가 방으로 들어가 오팔 보석 세트를 내온 것은 창밖이 콜타르처럼 깜깜해진 후였다. 여자도 보슬비처럼 촉촉하고 연기처럼 가볍게 내리는 어둠을 보았다. 북화의 시선이 그것에 지나치리만큼 오래 머물러 있어서였다. 그날 북화에게 금테두리 안에 땅콩알만 한 오팔이 박힌 목걸이와 귀걸이를 받았다. 투명한 오팔은 파스텔 빛을 뿜으며 사방팔방 퍼져나갔다. 궁하면 팔아서 써. 많은 돈을 만들 수 있을 거야. 여자가 흥분을 가라앉히기도 전에 북화는 또 방으로 들어가 커다란 금반지를 들고 나왔다. 이건 나중에 줄게. 내가 좀 더 끼다가 나중에. 죽기 전에는 줄 테니 걱정 마. 네 잎클로버 속에 박힌 네 개의 오팔이 쏘아올리는 금반지의 광채에 여자는 숨이 멎었다. 몽롱한 빛들이 어룽어룽 뿜어내는 빛 속으로 순식간에 빨려들 듯했다.

죽을 때까지 옆에 붙어 있으라는 얘기야. 약은 할망구야. 한꺼번에 줬으면 더 잘했을 텐데. 죽기 전에는 주겠다던 북화의 말이 여자는 내내 잊히지 않았다. 말짱한 정신으로 은밀하고 심술궂게 지어 보이던 웃음까지. 한집에 살면서도 시종 차가운 주인 여자 때문에 일을 그만두고 싶을 때도 번쩍번쩍 빛이 나던 오팔이 맴돌았다. 여자는 종종 별렀다. 북화의 정신이 돌아올 때를 노려 반지를 입에 올리겠다고. 그러나 마음뿐이었다.

여자는 북화가 어느 날 선뜻 반지를 던져주기만을 바랐다. 북화의 입에서 쏟아져나오는 '그래 이까짓 것 나 죽으면 아무것도 아니야……'와 함께 방바닥에 투둑 떨어져 내리는 오팔 반지를 떠올리면 휘황한 빛이 사방팔방 퍼져올랐다.

북화가 죽으면 아무것도 아닌 것들이 넓은 집 안에 엄청나게 깔려 있었다. 삼백여 평이 넘는 이층짜리 저택도 아들에게 소유권이 넘어갈 터였다. 북화의 남편이 젊은 시절부터 모았다는 세계 각국의 귀물들이 집 안 곳곳에 박혀 있었다.

여자는 자개장롱 속에 줄줄이 걸린 모피코트 따위에는 관심이 없었다. 몸피가 작은 북화의 옷이 몸에 맞지도 않았다. 그렇지만 땅콩알만 한 오팔이 네 개나 박혀 있는 네잎클로버 모양의 반지만은 포기할 수 없었다. 언젠가는 주겠다는 말까지 듣지 않았던가. 어떻게든 얻어내어 식당일로 거칠고 굵어진 손가락에 억지로라도 끼워넣고 싶었다.

바닥을 알 수 없게 깊은 곳에서 올라오는 오색 빛깔, 샹들리에 불빛 아래서 그것은 얼마나 찬란했던가. 무지갯빛 얼음 조각들이 자글자글 끓어오르며 뭉친 듯한 영롱한 빛의 조합……

넓고 화려한 상점의 쇼윈도에 비친 자신의 모습에 여자는 화들짝 놀랐다. 통짜 면원피스는 밝은 햇빛 아래 구김이 선명했다. 실내화를 신은 채 나오면서도 핸드폰과 장지갑은 챙긴 게 다행이었다.

종아리까지 내려오는 통짜 면원피스를 두 개나 산 것은 따로 잠옷 갈아입을 필요가 없어서였다. 처음 약속대로 아래층 가정부가 올라와 청소까지 해주지는 않았다. 언제든 필요하면 부르라고 했지만, 같이 남의집살이 하는 처지에 쉽지 않았다. 북화를 돌보면서 혼자 넓은 공간까지 치우다보면 하루가 어떻게 흘러가는지 몰랐다.

북화를 찾는다면 다림질은 일도 아니지…… 여자는 오늘밤 입으려고 마음먹은 회색 정장이 얇은 게 마음에 걸렸다.

연출가의 작업실에서 인터뷰만 한다고 했잖아. 추우면 얼마나 춥겠어. 전철역에서 내려서 백여 미터만 걸으면 오피스텔이 나온다고 했는데 뭐……

도우미들이 여럿 들락거린 방에 있는 장롱 속 옷들은 모조리 후줄근했다. 보풀이 일어난 스웨터, 밑단이 터진 스커트, 겨드랑이 밑이 누렇게 변색된 블라우스. 여자는 그것들을 모두 버릴까 말까 망설이다 도로 들이기를 반복했다.

독일에 가게 되면 깡그리 버리고 새 옷을 살 거야. 인생이 긴 것도 아닌데. 살면 얼마나 산다고…… 오며가며 봤던 고급 상점의 옷들을 떠올리자 기분이 좋아졌다. 대한민국 국적만 나온다면 하고 싶은 일이, 할 수 있는 일이 한두 가지가 아니었다. 어서 북화를 찾아야 돼…… 여자는 오른손을 길게 뻗어 쏜살같이 달리는 차들을 향해 흔들었다.

북화가 예전에도 미친 듯이 달려간 곳이 양재천변이었다. 정원에서 해바라기를 하다 순식간에 대문을 빠져나가는 북화를 여자는 사력을 다해 붙잡았다. 이거 놔라. 네 아버지가 고기 싣고 항구로 온단다. 아버지가 부르는데 왜 나를 막아. 어서 가자. 고기 받을 사람들 죄다 몰고 오란다. 네 아버지 호령 소리 안 들려? 북화가 팔을 휘두르며 외쳐댔다. 황소처럼 기운이 세진 북화를 여자는 감당하지 못했다. 북화는 운동기구들이 있는 체력단련장에서 어서 고기를 내리라고 소리소리 지른 후에야 두 다리를 스르륵 뻗으며 주위를 두리번거렸다.

어느 날 여자는 양재천변에서 한바탕 난리를 친 후에 허깨비 같아진 북화를 등에 업고 오며 중국에 있는 어머니를 떠올렸다.

도박과 계집에 빠져 지내는 사위가 술에 비틀대다 송화강에라도 빠져 죽기를 여자의 어머니는 진심으로 바랐다. 한국에 가서 돈을 벌어올 테니 가짜 이혼을 해달라고 매달려도 여자의 남편은 꿈쩍하지 않았다. 가짜 호적을 만들어 떠나오는 여자에게 어머니는, 한국에서 좋은 사람 만나면 돌아오지 말라고 했다. 다섯 살짜리 외손녀보다 당신의 딸에게 마음이 기우는 모정이 여자는 고맙지도, 고깝지도 않았다.

오늘따라 왜 택시도 없어…… 북화가 차에 치여 객사라도 하게 되면 어쩌지? 요양병원에서 죽는 것도 원치 않아 특이한 유언까지 했다는데…… 여자는 아랫입술을 잘근잘근 씹으며 차들이 달리는 도로로 들어가 두 팔을 미친 듯이 휘저었다. 유럽 여행을 떠난 지 보름이 넘은 지금까지 주인 여자는 북화의 안부를 묻는 전화 한 통 없었다. 무슨 일이 생기면 핸드폰으로 연락하라고 했지만, 북화가 없어졌다는 전화를 할 수는 없었다.

차들이 급브레이크를 밟으며 클랙슨을 눌러댔다.

추웠다가 열이 솟구치고 땀이 몸을 휘감았다. 여자는 오른손을 부채처럼 흔들었다. 차는 왜 이리 막히는가? 평소라면 양재천변까지 십오 분도 걸리지 않았다. 갱년기야? 벌써?……

지난달에 생리가 있었나? 지지난 달은? 언제부터인가 생리가 불규칙했다. 두세 달 건너뛰는 게 예사였다. 녹슨 수도꼭지에서처럼 찔끔찔끔 불순물만 흐르다 멈추기도 했다. 여자는 택시 창 밖에서 떼지 못하던 시선을 돌려 택시기사를 보았다.

"아저씨, 덥지 않으세요?"

"에어컨 틀어드려요?"

택시가사가 뒤돌아보며 퉁명스럽게 물었다.

"그렇지요? 요즘 더웠다 추웠다 하지요?"

여자는 한껏 밝아진 목소리로 물었다. 조금 안심이 되었다. 한낮에는 더웠다가 오후에 조금씩 기온이 내려가기도 하는 환절기 아닌가.

"에어컨 틀어요 말아요?"

덥다고 난리여서 에어컨 틀면 금방 꺼달라고 난리치는 손님들 때문에 짜증난다고, 택시기사는 불만스럽게 뇌까린 후에 에어컨을 틀었다.

불 위의 양은냄비처럼 몸에 열이 올랐다가 차갑게 식는 게 갱년기 증상이라고, 정숙 언니가 말해주었다. 불쑥불쑥 화가 나고, 짜증이 솟구치고, 예민해진다고도 했다. 갱년기가 오면 여자로서의 인생은 끝이라고 했던가? 여자는, 보호소에서 한방을 쓰면서 듣는 그녀의 푸념이 갱년기보다 더 무서웠다. 자신은 위장결혼인 줄 몰랐다고, 브로커놈 잡으면 가만 안 두겠다고, 짝 될 남자가 물려받을 재산도 많다고 해서 소개비를 더 얹어줬다고, 팔짝팔짝 뛰어댔던 그녀 역시 중국에서 이혼을 두 번이나 하고 한국에 왔다고 했다. 서른한 살에 한국에 건너온 여자보다 삼 년이나 빨랐다.

정숙 언니는 쉰다섯 살인데도 생리를 한다지 않았나…… 어느새?……여자는 어느새 갱년기를 맞았다는 게 믿기지 않았다. 열이 솟을 때마다 예리하게 가슴을 후비는 불안의 원인을 알 수 없었다. 불안감은 슬슬 억울함으로 변했다. 다달이 피를 흘리는 게 뭐 좋을 것도 없지만 억울한 것은 싫었다.

정숙 언니는 오늘 방송에 참석하지 않겠다고 했다. 백날 쫓아다니며 하소연해봤자 국적이 나오는 것도 아니라는 그녀의 시큰둥함은 믿는 게 있어서였다. 그녀는 위장결혼으로 한국에 들어온 후에 만난 남자와 지금까지 살고 있었다. 그는 보호소 생활을 하는 정숙 언니에게 매일 면회를 왔고, 천만 원의 공탁금도 내주었다. 무국적자 구제방안이 열렸던 국회 공청회에도 나타나 당당하게 부르짖었다. 혼인신고를 할 수는 없지만 여느 부부들 못지않게 행복하다고, 그깟 한국 국적 주든 말든 한국 땅에서 정숙 언니와 함께 사랑하면서 살 거라고, 어디서 살든 행복하면 되는 것 아니냐고. 사랑과 행복이 없다면 국적이 무슨 소용이냐는 멋진 마무리까지 날려, 방청석 한쪽에서 날아온 박수까지 받았다.

박수 소리가 얼마나 우렁찼던가. 무국적자들에게 시종일관 냉엄하던 이들조차 한동안 숙연한 표정을 짓지 않았던가. 오늘밤도 혼자서 해내리라…… 여자는 비장하게 입술을 물었다.

에어컨이 아니라 히터를 틀었나 싶게 얼굴이 화끈거렸다. 양손으로 뺨을 감싸다가 여자는 화들짝 놀랐다. 굵은 컬의 단발머리가 부스스하게 부풀어 있었다. 늘 꽂고 있던 머리핀이 보이지 않았다. 남자와 뒹굴었던 방바닥에 있는지, 아침부터 꽂지 않았는지 기억에 없었다.

자잘한 꽃송이가 뭉쳐 있는 산호석 머리핀은 남자에게 받은 선물이었다. 북화가 없어져 난리를 치는 옆에서 라면이라도 먹어야겠다고, 실은 아침도 굶었다고 말하던 남자에게.

무슨 바람이 불어서…… 만난 지 오륙 년이 지나서 받아보는 선물이 여자는 뜬금없었다. 화려하고 붉은 산호에 눈이 가면서도 남의 남편에게 받는 것이라는 사실에 자꾸만 뜨악해졌다. 혹 남자가 돈 부탁을 해 올지도 몰라 마음을 졸였다. 애인이 목걸이 선물을 해주고 나서 오백만 원이나 꿔달란고 애를 끓이던 친구 생각도 났다. 몸뚱이 주고 돈까지 주면 내가 미친년이지. 돈 얘기 나오면 그날로 끝이야…… 몇 번을 다짐하고서야 슬쩍 꽂아볼 수 있었다.

빈말이라도 함께 찾으러 가자고 해야 되는 것 아냐? 그 와중에 라면이 목에 넘어가? 배고픈 것은 정말 못 참는다고, 원래 그렇게 타고났다고 안달하는 남자에게 라면을 꺼내주고 온 것이 생각나 여자는 또다시 화가 치밀었다.

선물 하나를 선뜻 받지 못하는 남자와 몸을 섞으며 세월을 쌓을지 몰랐다. 뜨거운 치즈덩어리를 통째로 삼킨 듯 온몸이 불타면서 절로 눈을 감아버렸던 순간이 없지 않았다. 남자의 몸으로 퍽, 자주 쾌감을 맛보았다. 그러나 사랑하니 함께 살자고, 빈말로라도 속삭인 적 없는 몸뚱이들의 결합을 풀고 나면 미지근한 물을 부어 마신 믹스커피처럼 개운치가 않았다. 몸속 어딘가에 채 풀리지 않은 프림 가루가 눌어붙어 있는 듯했다.

여자는 가끔 남자가 죽었다는 연락을 받고 갈까 말까 망설이는 상상을 해보았다. 남자의 시신이 안치되어 있는 영안실 부근을 쭈뼛거리며 서성거리고, 혹여 남자의 아내와 마주치기라도 할까봐 움츠린 채 주위를 살피는 모습이 그려졌다.

아니 그렇게라도 떠나가는 남자를 보고픈 마음이 일기나 할까? 훗날에, 훗날에 말이야······

대한민국 국적이 회복되어 독일행 비행기에 몸을 실을 수 있다면? 여자는 이를 꾹 물었다. 남자에게 이별을 통보하는 절차를 밟지는 않으리라. 어느 날 불통이 된 핸드폰을 통해, 없는 번호라는 기계음으로 자신의 부재를 알게 될 남자를 떠올려보았다. 그때의 남자의 표정이 가늠되지 않았다.

죽은 후에 영정 앞에 떳떳이 향 한 자루 꽂아주지 못하는 관계라니······

족히 삼십 분 넘게 달리고서야 택시는 양재천변 부근에 멈춰 섰다. 평일 오후에도 도로가 꽉꽉 막힌다는 것을 여자는 알지 못했다. 미리 알았으면 전철을 타는 게 나았을 것이다. 왜 바른 판단은 늘 일을 지르고 난 후에야 찾아오는지······

연장신청사유서

국적: 무국적

성명: 정희주

생년월일: 1967년 4월 4일

체류지: 서울특별시 신림동 287-10 풍진빌라

본인은 과거 중국 길림에서 테여나 생활하다가 1996.1.24 한국인 이우
석과 혼인하여 한국 국적으를 취득하여썼으나, 2000년 3월 28일 부산
지방법원에서 위장결혼 혐의로 혼인무효 및 국적상실로 무국적 상태가
돼였습니다.
저는 보호해재 후 수차래나 중국대사관 방문하여 썼으나 매분 거절 당하
여습니다.
그 사유는 당신은 이미 중국 국적 포기하여 한국 국적 취덕한 지 8년이
란 시간이 지나서라고 하며, 그분들 말로 인하면 저한테는 인도주의 입
장애서 상담했썬뿐이라고 하여습니다. 향후 주한 중국대사관을 방문
하여 여권 발급 신청를 위한 시간 피로하니 연장신청 합니다.

2008년 10월 20일

신청인 정희주

택시비를 꺼낸 장지갑에서 흘러나온 체류허가 연장신청서를
손에 쥔 채 여자는 인도 한쪽에 멍하니 서 있었다. 오늘 촬영장에

가져가야 할 서류였다. 접힌 부분이 찢겨져나갈 듯한 그것으로 몇몇 해를 버티며 살았다. 위장결혼의 죄를 물어 국적은 박탈했지만 여러 사정상 막무가내로 쫓아내지도 못하고 있는 이 나라에서. 삼 개월마다 출입국에 가서 체류를 허가받을 때마다 여자는 살아온 세월이 이 종잇장보다 더 나달나달해지는 마음을 접고 또 접었다.

국적 취득을 위해 수년을 애썼지만 쉽지 않았다. 한 시민단체 간부는 위장결혼이라는 큰 죄를 지은 자들에게 국적을 다시 부여한다는 게 헌법상으로도 어긋난다며 침을 튀겨댔다. 대한민국에도 극빈자가 넘쳐나는데 교묘한 속임수로 건너온 조선족에게까지 이 나라가 자비를 베풀어야 하느냐고 핏대를 올리는 이도 있었다. 중국은 가짜 호적 몇 개씩 만드는 것은 일도 아니지 않느냐고 언성을 높이던 출입국 직원은 얼마나 솔직했던가. 그는 죄를 짓고도 뻔뻔하게 징징대는 작자들 때문에 골치가 아프다고 했다. 삼 개월마다 체류연장을 신청하러 가는 여자에게 중국으로 돌아가라는 회유를 해대느라 벌써 흰머리가 생겼다고 했다.

속을 감추는 게 최선이야…… 여자는 스산하게 웃었다. 요즈음 누리는 유일한 낙은 독일에서 날아오는 사촌언니의 이메일을 읽는 것이라고, 사촌언니가 독일에서 조건이 좋은 일자리를 소개시켜주기로 했다고, 그러니 독일로 날아갈 수 있는 여권을 만들려면 반드시 국적이 필요하다고 말할 수는 없었다.

뒤셀도르프에 있는 이탈리아 레스토랑에서 일하는 사촌언니는 소개시켜줄 독일 남자도 있다고 했다. 연금으로 유유자적하며 사는 그는 동양여자라면 환장을 한다고, 사촌언니는 여자에게 밀항이라도 하라고 권했다. 어차피 국적 없이 사는 것이라면 독일이 한국보다 백배 천배 낫다고.

포획자를 노리고 있는 심해의 어류처럼 여자는 조심스럽게 주위를 둘러보았다. 따사로운 가을볕을 받으며 길게 늘어서 있는 키 큰 가로수와 차들이 달리고 있는 도로와 넓고 한적한 인도가 믿기지 않을 만큼 현실감이 없었다. 와락 무서움이 일었다.

오늘밤 약속 시간에 맞춰 촬영장에만 갈 수 있다면 걱정할 게 없다고, 여자는 슬슬 파고드는 불안을 눌렀다. 비에 젖은 수양버들 가지처럼 축축하게 거짓 섞인 호소를 해댈 것이다. 나는 브로커가 잡히는 바람에 억울하게 위장결혼 판결을 받았다, 이 년 육 개월의 집행유예를 받는 동안 나쁜 짓 한 번 하지 않았다, 중국에서 받아줬으면 나도 진작 돌아갔다, 중국대사관에 가면 한국 국적 받겠다고 중국 국적 포기했지 않느냐고 따진다, 대체 나더러 어디 가서 하소연을 하라는 것이냐?…… 오 년 전, 무국적자 구제를 위한 입법 공청회에서처럼 돌발 상황이 일어난다 해도 이제는 대처할 수 있었다.

일이 벌어진 것은 여자가 카메라 앞에서 미리 준비해간 말을 늘어놓은 직후였다. 저는 무국적자로 한국에서 오래 살았습니다. 내 이름으로는 취업 활동도 할 수 없고 통장도 만들 수 없고 건강보험에 가입할 수도 없습니다. 사랑하는 남자가 있어도 혼인신고조차 할 수 없습니다. 한국으로 시집오면서 포기했기에 중국 국적을 다시 취득하기도 어렵습니다. 저는 언제까지 무국적자로 살아야

합니까? 여자가 말을 마치고 마이크를 내려놓기도 전에 방청석에서 한 청년이 손을 들어 질문을 했다. 브로커의 소개로 만난 사람과 육 개월도 안 돼 이혼한 이유가 무엇입니까? 여자는 달아오른 뺨만 만지작거렸다. 96년도에는 환율 차이가 엄청났다고, 한국에 나가 돈을 벌어오면 중국에서 평생 걱정 없이 산다는 소문으로 시루의 콩나물처럼 검은 욕망이 퍼져 올랐다고, 가짜 결혼을 통해서라도 한국에 들어오는 건 모험도 아니었다고, 그때는 결혼하자마자 한국 국적을 받을 수 있었기 때문에 육 개월을 채울 것도 없이 이혼한 사람들이 수두룩하다고, 그들은 나처럼 재수 없게 브로커가 잡히지 않았기 때문에 대한민국 국적으로 중국의 가족들을 불러들이며 잘살고 있다고 말할 수는 없었다.

혈기왕성해 보이던 청년은 시민단체 회원이었을까? 악의라고는 전연 없어 보이던 그의 표정을 여자는 오래도록 잊을 수 없었다.

양재천변은 여느 오후와 다르지 않았다. 햇살은 따스하고 나뭇가지를 옮겨 다니는 새들과 산책 나온 이들은 느긋해 보였다. 북화는 없었다. 식은땀이 솟아난 얼굴을 닦을 새도 없이 여자는 사방을 휘둘러보았다. 여기야…… 여기라고……

눈앞에 물이 흐르고, 긴 나무벤치가 둘러 있는 공터에 휠체어를 고정시켜주면 북화는 아이처럼 좋아했다. 여자가 근방의 간이 화장실에 잠시 다녀왔던 어느 날은 휠체어에 파묻혀 있는 북화 주위로 공원에서 수채화를 그리고 있던 유치원생들이 몰려들었다. 물감이 눈에 들어가지 않게 조심하라고, 코는 초록색으로 칠해보자고, 얼굴에는 별과 달을 그려보자고 들떠서 채색하는 녀석들보다 북화가 더 좋아했다. 입술을 분홍색으로 칠해놓으니까 완전 새색씨 같네, 를 연발하며 북화를 카메라에 담는 상춘객도 있었다. 여자가 휠체어를 밀고 저녁나절에 돌아왔을 때, 정원 테이블에서 차를 마시던 주인 여자는 피에로보다 요란한 북화의 얼굴을 바라보며 오래 작정하고 있었던 듯한 말을 툭 던졌다. 희주 씨, 우리 어머님 돌아가실 때까지 옆에 있으면 좋겠네. 일하는 사람 마음에 안 들면 우리 어머님 자주 발작 일으키는데, 희주 씨 오고는 아주 얌전해졌어.

여기야. 여기에 있어야 한다고…… 북화가 정신을 잃고도 달려올 수 있는 곳은 여기뿐이라고, 여자는 같은 자리에서 뱅뱅 맴을 돌며 발을 동동거렸다. 북화를 처음 만난 곳도 여기야……

우석이 일식당으로 찾아와 난동을 부린 것은 단체손님을 받은 점심시간이었다. 그날 사장은 날도 저물지 않아, 오 일이 모자라는 날짜까지 채운 월급봉투를 여자에게 내밀었다. 여자는 유니폼을 입은 채로 식당을 나와 무작정 걸었다. 샌들을 신은 발이 부르터서 더는 걸을 수 없어 멈춘 곳이 양재천변이었다. 초록색 보도블록 바닥에 앉아 개나리 가지를 툭툭 꺾고 있던 북화가 여자를 보더니 방긋 웃었다. 노란 꽃잎이 조르륵 달린 개나리 잔가지를 북화의 머리에 꽂아주며 여자는 다섯 살 때 중국에 두고 온 딸아이를 떠올렸다. 정말 예쁘네. 소녀 같아. 북화의 성긴 머리카락 위에서 노란 꽃잎이 하늘거리는 것을 보고 있는 여자 곁으로 주인

104

여자가 다가왔다. 우리 어머님 옆에 아무나 안 붙여주는데. 마음에 드나보다…… 주인 여자는 짧은 곤색 스커트와 미색 블라우스 차림의 여자를 찬찬히 살피며 말했다. 혹 일자리 찾으면 우리 집 들어올래요? 마침 우리 어머님 돌봐주시던 아줌마가 딸이 아프다고 그만두었는데……

커다란 개를 데리고 산책 나온 나이 든 남자와 부딪치는 것을 피하려다 여자는 발을 헛디뎌 넘어질 뻔했다. 간신히 몸을 추슬러 중심을 바로잡았을 때, 근방 어딘가에서 북화가 쳐주는 박수 소리가 들려오는 듯했다. 잘했어. 똑똑해. 오늘 하루도 성공이야……

북화는 정신이 오락가락하면서도 자주 읊조리곤 했다. 여자가 네 귀퉁이가 딱 맞게 기저귀를 개었을 때는 손뼉을 치며 외쳤다. 잘했어. 똑똑해. 오늘 하루도 성공이야. 여자는, 거의 다 빠진 이 사이로 느리게 흘러나오는 그 말이 북화가 스스로에게 거는 주문이라고 여겼다. 하루하루를 연명하는 일에 최선을 다하려는 안간힘이라고.

북화만 잘 돌본다면 무엇도 상관없다고 했잖아. 걸려서 벌금 좀 내도 그만이라고…… 북화를 잃다니……

얼마 남지 않았어……

머릿속에서 제멋대로 흘러다니는 말을 여자는 곰곰 되뇌었다. 얼마 남지 않았다고, 머릿속을 맴도는 말의 실체는 정확히 알 수 없었다.

그래봤자 북화의 삶이 얼마 남지 않았다고 아래층 주인 여자는 누군가와 통화할 때마다 말했지만 몇 해째 같은 타령이었다.

얼마 남지 않았다고…… 둑길 사이에 놓인 나무 계단을 두 칸씩 뛰어 내를 넘나들면서 여자는 여전히 맴도는 말을 떼놓지 못했다. 캐리어 밑바닥의 비밀 주머니에 넣어둔 오팔 목걸이와 귀걸이가 떠오른 순간 여자는 달음질치듯 내딛던 걸음을 멈췄다. 그대로 있는지 확인해봐야겠어. 촬영장에 가기 전에 반드시. 아니 북화를 찾아 집에 가자마자……

북화에게 뜻하지 않은 선물을 받았을 때 여자는 오래 고심했다. 보석을 보관할 곳이 마땅히 떠오르지 않았다. 북화의 집에서 자신의 것이라고는 한쪽 바퀴가 다 닳아버린 캐리어밖에 없었다. 부산의 오뎅집에서 서울 신도림의 숯불구이집으로, 강남의 일식집으로, 낯선 도시의 찜질방 등으로 굴러다닌 그것은 원래의 색을 알 수 없게 바래져 있었다. 지퍼에 연결된 스테인 버클에 슨 녹을 틈틈이 제거했고 때 낀 몸통은 물휴지에 세제를 묻혀 닦아냈지만, 땅에 끌린 만큼 닳아버리는 바퀴만은 손쓸 수가 없었다.

북화를 찾으면 오늘은 기필코 달라고 해야겠어. 네잎클로버 반지가 있어야 짝이 맞아…… 북화가 죽고 나면 다 소용없어. 물 건너 간다고……

아래층 주인 여자에게 북화가 반지를 주기로 약속했다고 말하는 장면을 떠올리며 여자는 세차게 고개를 저었다. 손에 넣을 수만 있다면 잠시의 구차함 따위야 얼마든지 견딜 수 있지만, 그보다 더한 모욕도 술술 넘기며 살아왔지만, 무엇보다 주인 여자가 순순히 믿어줄 것 같지 않았다. 북화가 준 목걸이와 귀걸이까지 내놓으라고 할 수도 있었다.

"서둘러야 돼…… 얼마 남지 않았어……"

북화를 찾아 다리를 건너다니며, 벤치 뒤 우거진 덤불 속까지 샅샅이 살피며 여자는 중얼거렸다.

분명히 내 손으로 대문의 빗장을 풀고 나왔잖아. 나무다리 위에서 발목을 접질렸을 때 여자는 불현듯 깨달았다.

연기나 구름이 되어 대문 틈새로 빠져나갔을 리 없잖아. 대문이 닫혀 있었다구. 미쳤어, 제정신이 아니야…… 온종일 술래잡기를 해도 지겹지 않을 만큼 숨을 곳이 많은 집 아냐…… 남의 집에 사내를 끌어들여 대낮에 정사를 벌이다니…… 제정신이 아니니 머리가 제대로 돌 리 없지. 미친년…… 한심한 년…… 여자는 돌덩이라도 주워 가슴을 처대고 싶었다.

천변을 벗어나기도 전에 날이 저물었다. 여자는 다리를 절뚝거리며 큰 도로 쪽으로 걸어나왔다.

퇴근 시간과 맞물려 택시 잡기가 쉽지 않았다. 배 속에서 꼬르륵 소리가 들려왔다. 아침에 이층 주방에서 북화에게 먹일 죽을 쑤면서 피망과 당근 조각을 주워 먹은 게 다였다. 여자는 원피스 위에 손을 얹어 배를 살살 주물렀다. 건너편의 편의점이 눈에 띄었다. 횡단보도의 푸른 불빛이 깜박거리는 내내 망설임이 이어졌다. 택시를 잡으려고 올라온 길을 조금만 되짚어 내려가면 횡단보도를 건널 수 있었다. 삼각김밥이나 요구르트, 우유로 허기만이라도 달래고 싶었다. 그러는 사이 횡단보도의 신호등이 붉은빛으로 바뀌었다.

배고픔쯤이야…… 여자는 별수 없이 체념해버렸다. 횡단보도를 건너갔다 오는 사이 빈 택시를 놓칠 수 있었다. 재빠르지 못했기에 남겨진 선택이 차라리 속 편했다.

중국의 대련시장 뒷골목의 음식점에서 처음 만났을 때 여자는 우석의 추레함이 마음에 걸렸다. 짐작보다 정도가 심했다. 낯선 한국 땅에 처음 들어와 한동안은 우석과 살았다. 위장결혼을 눈 막음하기 위해 사전에 협의된 사항이었다. 가파른 산을 깎아내려오며 층층이 지은 부산의 달팽이집 주인 영감은 밀린 월세를 받느라 오밤중에도 철문을 쾅쾅쾅 두드리고 다녔다. 오른쪽 언덕바지에서 내려오면 일층인 집이 왼쪽에서는 지하 이층이었다. 방에 갇힌 듯 지내며 우석을 기다리던 시절, 여자는 모든 게 서툴렀다. 한족 학교를 다녔기 때문에 한국말을 읽고 쓸 줄 몰랐다. 울산의 식당에서 일한다던 우석은 쌀과 부식거리를 사들고 한 달에 두 번 집에 왔다. 그가 왜 울산에서 일을 하는지, 그곳이 부산과는 얼마나 먼 곳인지 여자는 알지 못했다. 우석이 두 달 넘게 집에 들어오지 않았을 때 주인 영감으로부터 월세 독촉을 받았다. 우석이 보증금 없이 육 개월치 월세를 선납했다는 사실을 그때 알았다. 우석의 핸드폰은 불통이었다. 여자가 아는 것은 우석의 핸드폰 번호가 고작이었다. 집에 라면 한 봉지 남아 있지 않을 때 주인 영감의 소개로 어시장의 오뎅집에 취직했다. 생선의 머리를 따는 일을 반년 넘게 힐 때까지 우석은 소식이 없었다. 새로 시집이라도 가려면 실종 신고를 해야 한다고, 여자가 월세를 내밀 때마다 주인 영감은 혀를 끌끌 찼다. 외항선을 탔다가 하루아침에 고기밥이 된 남자가 부산 바닥에 널렸다고 했다. 위장결혼 혐의로 법원의 출두 명령을 받은 건 서울 신림동 숯불갈비집에서 일할 때였다.

이혼해달라는 말이 나오기를 우석이 기다렸을까? 한때 여자는 그 생각에 골몰했다. 위장결혼일 경우 이혼을 요구하는 조선족 여자가 돈을 내놓는 것은 비밀도 아니었다. 수년이 지난 지금 새삼 그것이 궁금하지는 않았다.

때가 전 흰 와이셔츠를 입고 신림동 숯불갈비집에 나타난 우석을 처음엔 알아보지 못했다. 브로커와 짜고 위장결혼을 했던 것이냐고, 위자료를 내놓으라고, 범벅자로 호적에 빨간 줄이 쳐졌다고 강짜를 부리는 우석이 여자는 무섭지 않았다. 스스로에게도 부끄러울 억지와 협박을 늘어놓는 우석에게 따뜻한 국밥이라도 먹여 보내고 싶었다.

그렇다 해도 그날 점심에 팁으로 받은 돈까지 싹싹 긁어내 우석의 손에 쥐어준 것은 실수였다. 중국에서 빚까지 낸 돈이 네 호주머니에도 들어가지 않았냐고, 너는 빨간 줄 한 줄이지만 나는 무국적자가 되어 중국으로의 강제 송환을 압박받고 있다고 바락바락 악을 썼어야 했다. 그랬더라면 우석이 돈이 궁할 때마다 찾아오지는 않았을 것이라고, 여자는 죽도록 후회했다. 출입국 경찰이 뜨면 어렵게 구한 직장이 날아가는 건 둘째치고 단속이 무서워 일을 그만둘 수도 없었던 상황에 무슨 연민을 베풀었던가.

팁이 솔찮았던 강남의 일식집까지 쳐들어오게 만들지 않았나……

"길이 왜 이리 막혀요?"

여자는 택시 뒷좌석에 엉덩이를 들이밀자마자 성마르게 물었다. 반대편 차선까지 꽉꽉 막혀 있었다.

"나야 날아서라도 빨리 가고 싶지."

육십은 넘어 보이는 택시기사가 건성으로 대꾸했다.

이대로 마포로 가? 그 순간 수만 볼트의 전구가 터진 듯 머릿속이 어지러웠다. 여자는 현실감 없이 중얼거렸다. 북화 따위야 어찌되든 상관없지. 이미 반은 죽은 노인네야. 하나 있는 아들이 보름 넘게 찾지도 않잖아……

누가 아는가. 오늘밤의 방송 출연으로 수년간 되받지 못한 국적을 찾을 수 있을지. 비록 케이블 방송에 나간다고 했지만, 젊은 연출가들이 사회 문제를 진단하는 야심찬 기획 시리즈라고 하지 않았던가. 그들이 무엇을 위해 위장결혼이 들통나 무국적자가 된 이들의 인생에까지 도움을 뻗치려는지, 여자는 몰라도 좋았다. 국적만 다시 찾을 수 있다면 무엇도 중요하지 않았다. 오늘은 한껏 목소리를 키울 작정이었다. 국적이 있어야 여권을 만들 수 있고, 여권이 있어야 중국에 있는 딸년 결혼식에도 참석할 수 있지 않겠느냐고.

　다섯 살에 어머니의 등에 업혀 손을 흔들던 딸은 이제 스물세 살이 되었다. 노곤한 밤, 퉁퉁 부은 발을 문지르며 듣는 핸드폰 속 딸의 목소리는 낯설었다. 딸과의 대화는 자주 혼선을 빚다가 끊겼다. 함께한 시간이 없어 대화거리를 놓칠 때도 있었다. 생부와 연락이라도 하며 사는지는 묻지 않았다. 여자의 한국행을 위해 가짜 이혼을 하자마자 재혼했다는 중국의 남편에 대한 미련은 없었다. 그동안 돈이라면 부족하지 않게 보냈는데도 대학에 진학하지 못하고, 인근 도시에서 마사지사로 일하는 딸을 생각할 때마다 여자는 명치에 돌덩이를 얹은 듯했다.

　"옆 차선 끼어들 수 있겠네요, 지금."

　여자가 다급하게 외쳤다.

　"이리저리 차선 바꾸면서 기를 써봐도 도착하는 시간은 똑같아요. 밥 먹고 수십 년을 한 짓인데 모르겠어요?"

　운전대만 잡고 꿈쩍을 않고 있던 운전기사가 한참이 지난 후에야 느린 대꾸를 했다.

　여자는 자물통처럼 입을 닫고 불만스럽게 앉아 있었다. 택시기사가 연거푸 돌아봤을 때에야 자신의 핸드폰 벨이 계속 울리고 있음을 알았다. 급히 핸드폰 폴더를 열었다. 남자였다.

　"노인네 찾았어?"

　"아직."

　"나 말이야. 와이프한테 전화가 와서…… 집에 가보려고……"

　"……"

"와이프가…… 아프다네…… 늘 아랫도리가 말썽이었다구. 서른도 안 돼 나팔관을 떼어냈고……"

"……뭐?"

"오 년 전에, 그 뭐라던가. 그래 자궁. 자궁을 들어냈어."

"……?"

"아주 부실하다고. 실은 아침에도 아랫배가 아프다고, 피가 비친다고 염병을 하는 것을 모른 척하고 나왔거든."

"아픈 아내를 두고 기집년 아랫도리 생각에 나왔단 말이지? 그래서 나더러 어쩌라고?"

여자는 소리를 높여 힐난을 드러냈다.

"그러니까 내 말은 대문 그냥 잠그고 가면 되냐고. 자기 들어올 때 말이야. 대문 열쇠는 갖고 간 거야?"

"별걱정 다 한다니까. 북화만 찾으면 무슨 걱정이 있어. 그깐 문 따는 게 문제겠어?"

여자는 장지갑 안에 대문을 여는 카드가 있다는 말은 하지 않았다. 그 상황에서도 남자가 아내를 핑계로 자신을 팽개쳐두고 돌아가는지 시험해보고 싶었다.

"저 말이야……"

전화를 끊으려는데 남자가 머뭇거렸다.

그럼 그렇지. 지금 이 와중에 간다는 말이 나와……

"아래층에서 계속 전화벨이 울리더라고. 계단 내려오다 들었는데 아직도 안 끊겼어."

그럼 벌써 현관 내려서 전화하고 있단 말이네? 가려고 신발까지 다 신고?

"내가 지금 그것까지 신경 쓰게 생겼어?"

여자는 소리를 지르다가 핸드폰을 끊었다. 지금 이 상황에 꼭 그런 말을 해야겠는가? 수년간 묻어뒀던 고백을……

여자는 남자가 고백을 했다는 생각에서 한 치의 양보도 할 수가 없었다. 그동안 누구보다 집요하고 교묘하게 달라붙어 단물을 쪽쪽 빨아먹은 작자야…… 저 좋을 때만 나타나서 거머리처럼 말이지…… 곤란한 내 처지를 이용해서…… 한번 시작된 억측은 좀처럼 멈추지 않았다.

이 인간이 문단속이나 제대로 하고 가야 할 텐데. 혹여 나를 위한답시고 대문을 열어두고 나갔다가, 그 틈으로 북화가 나가기라도 하면…… 이번에는 정말 나가서 영영 찾을 수 없게 된다면……

여자는 다급하게 남자에게 핸드폰을 걸었다. 받지 않았다.

"뭐야. 내가 못 가게 퍼부을까봐 안 받는 거야?…… 목소리가 아주 말끔해졌어. 라면 처먹고 실컷 낮잠이라도 잔 모양이야. 안 그래도 북화 찾아보라고 전화하려던 참이었는데…… 저 필요할 때만 나타나서는……"

여자는 화가 치밀어 자기도 모르게 중얼거리다가, 고개를 돌려 바라보는 택시기사와 눈이 마주쳤다. 애당초 도움이 안 되는 인간이었어…… 혹 모르지 아직 안 가고 있을지도…… 그거야 어서 가보면 알겠지……

택시는 삼차선에서 붙박인 듯이 꼼짝을 하지 않았다.

제발 이 길이나 좀 뚫렸으면……

여자는 충분히 끼어들 공간이 있는데도 나 몰라라 하는 택시기사의 뒤통수를 노려보는 것도 그만두었다.

거리에 불빛이 하나둘 늘었다.

낮과 밤의 경계가 살살 덮이는 차창 밖으로 여자는 시선을 돌렸다. 북화의 집 정원 가득 보슬비처럼 내리던 먹빛 같은 어둠의 눈, 불난 집 며느리처럼 서두르고 다니다 불현듯 마주치면 뜨겁고 달달한 커피라도 몸에 들이부어야 곱게 넘길 수 있었던 시간이 지나고 있었다. 불쑥, 겨울 숲을 헤매는 독사처럼 외롭고 축축해졌다.

내가 얼마나 독한 년인지 보여줄게. 숱하게 몸을 섞으며 몸뚱이가 빠개질 듯한 괴성을 지르면서도 한 번도 마음 깊은 곳을 내보이지 않았던 독기를…… 서른한 살, 검은 돛대를 펼치고 시류에 떠돌며 부랑해온 년이 보여줄 게 뭐 있겠어……

핸드폰이 불나게 울어댄다고 해도 다시는 만나지 않겠다고 꾹꾹 이를 물어대는 속으로 남자가 있어 좋았던 순간들이 새록새록 살아났다. 북화에게 진을 빼다가 모처럼 맞는 휴일에 남자가 없었다면 심신을 풀어내며 수렁처럼 깊고 질긴 잠에 빠질 수 있었겠는가. 우석을 찾아가 한 번만 여자의 눈앞에 얼씬거리면 벽돌로 머리를 박살내버리겠다고 으름장을 놓은 것도 남자 아니었나. 늦은 밤 북화가 잠든 사이, 질척한 비로 견딜 수 없이 쓸쓸해지는 마음을 추스르기 위해 뚝뚝 눌러댄 것도 남자의 핸드폰 번호였다.

파도치듯 뜨거운 밤의 불빛들이 물결치는 서리를 여자는 쏘듯이 바라보았다. 가능하다면 오늘밤은 혀를 데일 듯이 뜨거운 백주를 들이키고 싶었다.

처음부터 다시 시작하는 거야……

여자는 얼굴이 방바닥에 눌리게 몸을 납작 수그려 빈방의 침대 밑까지 살폈다.

북화가 없어진 것을 알았을 때 즉시 경찰에 신고를 했어야 했나? 지금이라도 주인 여자에게 알리는 게 옳아. 왜 이제야 전화를 했냐고 다그치면 뭐라고 해명하지? 사내를 끌어들였다는 사실을 쏙 뺀 보고는 너무 빈틈이 많아.

주인 부부의 여행 기간 동안에 아래층 사정부에게 휴가를 주는 것에 동의한 건 여자였다. 도움 받을 일이 있으면 부르라고 주인 여자가 준 운전기사의 명함도 지니고 있었다. 모두 차치하고라도 밖으로 나가는 현관문과 대문이 닫혀 있었는데, 북화가 감쪽같이 사라졌다는 것을 어떻게 해명한단 말인가. 무거운 빗장을 열고? 여든 넘은 노인네가? 설사 제정신이 돌아왔다 해도 무조건 불가능하다고…… 대리석 계단을 밟으며 아래층 거실로 내려가는 내내 여자의 머릿속은 암흑이었다.

일단은 전화기를 잡는 거야. 신호음이 떨어지고 주인 여자의 목소리가 들렸을 때 입에서 무슨 말이 쏟아질지는 운명에 맡기자고. 주인 여자가 어디에 있든, 잠을 자든, 밥을 먹든 일어난 일만 속사

포처럼 쏟아내는 거야. 사내를 끌어들여 오랜만에 재미 좀 봤다는 말이 쑥 나온다면, 그것도 할 수 없지. 운이 좋으면 국적을 되찾을 수도 있는 방송 출연을 위해 불렀다고 말해야지. 세상에 공짜가 어딨냐고. 몸 꿈지럭거려야 먹고사는 인간들이 기회 있을 때 엉켜서 어떻게든 누리고 싶어 하는 몸의 쾌락을 기약 없이 유럽여행을 다닐 수 있는 족속들이 알기나 하느냐고…… 오랜만에 사내 품에 안겨 있다보니 자연히 북화를 잊었다고, 오밤중에 잠이 깨는 북화의 치다꺼리로 부족했던 잠이 일시에 쏟아져 내렸다고……

머릿속 생각들이 명쾌하게 정리되지는 않았지만 여자는 거실 한가운데 탁자에 놓인 전화기를 집어들었다. 주인 여자가 전화를 받지 않기를 바라며 몸이 빳빳이 굳어갔다. 북화가 눈에 띈 것은 수화기를 집어올리고 마지막으로 심호흡을 하던 순간이었다.

"북화! 거기 있었던 거야?"

장식장과 고목나무 화분 사이로 뛰어가며 여자는 비명에 가까운 환호성을 질렀다.

정원과 면한 창가 구석에 놓인, 가부좌를 틀고 두 팔을 내려뜨린 거대한 청동상에 오롯이 상체를 기댄 북화의 잠은 달고 평온해 보였다.

"이제 그만 일어나."

여자는 거실 바닥에 쭉 늘어뜨린 북화의 두 다리를 가지런히 모아 가볍게 흔들었다.

"그만 일어나라니까. 오래 자면 요괴가 동굴 속으로 데려가. 영영 깨어나지 못하게 할 거야……"

116

태엽이 풀리면서 자동직으로 움직이는 인형처럼 북화가 서서히 눈꺼풀을 밀어올렸다.

"산에 묻어뒀다고 했지? ……늦기 전에 보석 찾으러 가야지……"

실처럼 가느다랗게 눈을 뜬 북화의 뺨을 어루만지며 여자는 속삭였다. 사랑스러운 아이에게 하듯 목소리는 부드럽고 눈빛은 그윽했다.

"밖에서 너무 오래 헤맸어."

잘못하면 풀썩 날아가버릴 듯한 북화를 안고 이층으로 오르는 계단을 밟으며 여자는 무연히 중얼거렸다. 초록색 줄무늬 파자마 속의 북화는 솜방망이 인형처럼 가벼웠다.

근래 들어 여자의 말을 앵무새처럼 따라하는 버릇이 생긴 북화가 뒷말을 짐꼬대처럼 읊조렸다. 오래 헤맸어…… 아식 수면제 약효가 풀리지 않았는지 축축 늘어져 내리는 북화를 품에 안고 여자는 조심조심 대리석 계단을 올라갔다.

열두어 칸 오른 계단 구석에서 조명등 아래 희미하게 빛을 발하고 있는 것은 산호석 꽃송이가 붙은 머리핀이었다. 여자는 북화를 안은 채 엄지발가락과 중지발가락을 집게처럼 벌려 머리핀을 집어올렸다. 몸을 반만 구부려 왼손으로 머리핀을 잡았을 때 북화가 중얼거렸다. 잘했어. 똑똑해. 오늘 하루도 성공이야.

"북화, 정신이 돌아온 거야?"

기쁜 나머지 여자는 탄성을 질렀다. 그러나 단정하기에는 꿈결처럼 아스라한 소리였다. 또다시 잠이 든 듯 북화는 여자의 품속에 포옥 안겨왔다.

한 발 한 발 옮길 때마다 박자를 맞추듯 시계추가 둔중하게 울어댔다. 여자는 충계참 벽에 걸린 괘종시계 앞에서 우뚝 걸음을 멈췄다.

괘종시계의 시침과 분침은 곧 열 시 정각을 알릴 임무를 가다듬고 있는 양 돌연 무겁다.

색, 스스로 그러한

1

알아. 억지를 쓰고 있다는 것쯤은. 하지만 나도 요구라는 것을 해보고 싶어. 처음이자 마지막으로. 죽어가면서라도 네 따스한 눈길을 받아보고 싶어. 한 번쯤은 나만을 바라봐줄 수 있지?

어미 품에 안긴 병아리처럼 마지막 숨을 놓을 거야. 따스하고 우아하게. 네 그림 속을 물결치던 금빛 햇살처럼.

나는 냉기 섞인 말들을 흘려보내며 광우의 무심한 얼굴을 지나 열차 차창 너머로 시선을 돌렸다.
광활한 벵골 바다를 옆에 끼고 흘러가는 인파 속에서 해가 기울었다.

2

하루를 꼬박 달리고도 목적지에 당도하지 않는 열차라니……
주위의 인도인들 모두 뉴잘패구리 역을 모른다고 했다. 어제 콜
카타에서 표를 끊을 때 열일곱 시간 걸린다고 들었다. 한 시 이십
분 기차는 다섯 시 십 분에야 도착했다. 인도의 열차 상황에 대해
들은 적이 있는 나는 묵묵히 플랫폼을 걸어 S2칸을 찾았다. 연착
되는 열차의 전광판에 '내일 이 시간'과 '?'가 뜨지 않은 것을 다행
으로 여겼다.

망고가 특산물이라는 말다 역에서는 차가 오래 머물렀다. 여행
책자에는 이곳에서 뉴잘패구리 역까지 네 시간이 걸린다고 쓰여
있었다. 나는 신물이 넘어올 듯 메슥거리는 뱃가죽을 움켜쥐고 플
랫폼 바닥에 무너져 내릴 듯 쌓인 초록빛 망고를 속절없이 바라
보았다. 어디에서도 속이 부대끼지 않을 음식을 구할 방도가 없
었다. 먼지가 풀풀거리는 의자 등받이에 기대어 잠든 광우는 태
평하고 평화로워 보인다. 불과 하루 전에, 아내가 간암 3기 판정
을 받았다는 사실을 안 사람의 얼굴이 맞나 싶다. 믿기지 않겠지
너도…… 목숨이, 그렇게 쉽게 끊을 수 있는 게 아니라고 믿고 있
거나. 아니면, 지금도 기차 창밖에서 우글거리는 저 많은 인간들
을 무엇으로 해명할 거냐고 따지고 싶은 것을 참고 있는 것인지
도……

연착된 기차에 오르기 전, 광우와 나는 캘커타의 여행자 거리에
서 이틀을 보냈다. 귀청을 뚫을 듯이 울려대는 클랙슨 소리와 악

디구니, 걸인들이 넘쳐나는 거리에 붙어 있는 싼 여관방에서 자다 깨다를 반복하며 나는 식은땀을 흘렸다. 깨어 있을 때는 여관방 좁은 창으로 아수라장 같은 바깥을 내다보았다. 관광객을 태운 릭 샤를 허덕허덕 끌고 가는 깡마른 구릿빛 노인들을 볼 때마다 절로 이를 물었다. 수차 이를 물며 침대 옆의 캐리어를 뚫어지게 노려보았다. 방콕과 홍콩에서 비행기를 갈아타며 용케도 끌고 온 것. 그 속엔 다량을 복용하면 간단히 죽음에 이를 수 있을 만큼의 수면제가 들어 있었다.

*

세상 모든 사람을 다 속일 수 있어도 단 한 사람, 나 자신을 속일 수는 없어. 며칠 전 꿈에서 눈을 멀게 할 만큼 꿈틀거리는 빛을 봤어. 첫 전시회 작품들을 낳은 곳이야. 그림을 그리며 일생을 보내고 싶다고, 가슴이 뛰었던 곳. 하늘로 오르는 용처럼 굵은 빛의 몸뚱이가 내 몸을 감싸 안았다고.

화실 보증금을 빼서 그동안 손을 놓았던 '빛의 연작'을 위한 여행을 떠나겠다는 광우에게 간암 3기 판정을 받았다는 말은 하지 못했다. 이제는 정말 미쳐가는구나. 그 빛들이 너를 들어 올리지는 않았고? 꿈속에서 너는 들림 받은 예수처럼 붕 떠서 날아오르지 않았냐고? 절로 쏟아지려는 말도 지그시 눌렀다. 크고 작은 종양들이 내 간을 반도 넘게 먹어치운 상태라고 말하던 의사 앞에서처럼 나는 스스로도 알 수 없는 분노를 감추고 스산하게 웃어 보였다.

같이 가자. 그런 곳이라면 몸이라도 팔아서 따라가고 싶어. 꿈에서 계시라도 받은 모양인데, 월셋방 보증금 빼서 비행기 값은 내가 마련해볼게.

내 귀로 듣는 내 목소리가 믿기지 않았다. 그것이 정말 내 목을 타고 밖으로 나왔다는 것도. 그 빛을 만나지 못한다면 이제는 그림을 접을 거라던 광우의 선언 때문이었을까? 또박또박 뱉어내던 광우의 말은 스스로에게 보내는 경고장 같았다.

3

기차에서 내려 오토 릭샤를 타고 실리구리에 오자 칼림퐁으로 가는 버스는 모두 끊겨 있었다. 교통과 무역의 중심지라는 낯선 이국 도시의 매연과 혼잡 속에 어둠이 내렸다. 다운타운 부근에 흩어져 있는 세 곳의 터미널로 뛰어다니며 다른 차편을 알아보는 광우 옆에서 내 몸은 젖은 나비처럼 팔딱거렸다.

값싼 숙소들이 몰려 있는 골목은 을씨년스러웠다. 얼굴이 검고 키가 작은 남자가 카운터를 보는 로지에서 방을 얻다가 광우는 개인이 운행하는 지프차를 타면 오늘 밤 안으로 칼림퐁에 갈 수 있다는 정보를 얻었다. 밤에 운행하기 때문에 비싼 요금을 지불해야 하는 승합 지프는 버스로 네다섯 시간 거리를 두어 시간이면 간다고 했다.

가파른 산길을 내려오는 차와 부딪치지 않으려고 아슬아슬하게 꽁무니를 돌려대는 차를 타고, 파인 흙구덩이에 타이어가 빠질 때마다 몸을 들썩거리며 광우가 가려는 곳이 칼림퐁이라고 했다. 여행 책자의 설명에 의하면, 칸첸중가 설산 봉우리를 볼 수 있는 옛 시킴 왕국의 땅이란다.

방문객을 감싸는 것은 자연과 한적함뿐이지만 그저 아무 하는 일 없이 조용히 쉬었다 가고 싶은 여행자에게 이보다 더 좋은 곳이 없다. 칼림퐁은 원래 시킴왕국에 속해 있던 도시. 동히말라야 산맥 언저리에 자리 잡고 있던 부탄과의 전쟁에서 시킴이 패하자 부득이 부탄의 영토로 넘어가버리게 되고, 세월이 흘러 십구 세기 후반에는 영국의 소유가 되었다. 탁구공 튀듯 끝없이 국적을 바꿔야 했던 칼림퐁은 인도가 독립한 후에야 웨스트벵갈 주의 한 부분으로 정착하게 되었다. 역사의 한 자락을 끄집어내 보면, 티베트와 인근의 국경 교역로로 번성을 누렸던 길림퐁의 자취도 발견할 수 있다. 티베트 무역로가 막히게 된 지금은 그저 산간 휴양지로서만 그 명맥을 유지하고 있을 뿐이다. 하지만 한가롭다 못해 썰렁하지 않을까 생각하는 것은 지나친 기우! 봄이 되면 칼림퐁 일대를 색색으로 물들이는 히말라야 난들의 향연과 병풍처럼 우뚝 서 있는 칸첸중가의 압도적인 풍경이 방문객을 기다리고 있기 때문이다. 특히 인도의 대표적인 휴가철인 4~5월에는 한가롭고 우아하게 시간을 보낼 수 있다.

십오 분 후에 떠나는 승합 지프가 터미널에 있는데 가겠느냐고 로지 카운터의 남자가 전화 수화기를 든 채로 물어 왔을 때, 로비 한쪽에서 캐리어에 몸을 기대고 있는 내게로 향하는 광우의 눈빛이 번득였다.

설마 이 밤에?

나는 광우를 먹먹히 바라보았다.

설마……

*

설마……

말기에 가깝다는 간암 판정을 받은 순간에도 나는 설마, 를 찾았다. 몸 안의 장기들이 원자폭탄이라도 맞은 듯 사라져버렸다 해도 놀랄 게 없을 만큼 심신을 혹사시킨 나날이었는데도.

모아둔 수면제로 남은 생을 간단히 정리할 수도 있다는 결론에 이르기까지 나는 충분히 시달렸다. 불면은 끝이 없었다. 적어도 집주인에게 피해는 주지 말자고, 짐들을 치우면서 눈물 한 방울 흘리지 않았다. 여행 가방을 끌고 나오면서 정갈한 원룸을 오래 둘러보았다. 마트나 인터넷 쇼핑몰에서 보내오는 물품광고 문자가 아니라면 온종일 잠잠한 핸드폰은 식탁 위에 두고 나왔다. 계단참을 내려오다 딱 한 번 걸음을 멈추었다. 가스 밸브를 제대로 잠갔던가? 불을 피워 음식이라는 것을 해먹은 지가 오래됐다는 것을 떠올리고도 머릿속은 개운하지 않았다.

집을 나서다가 가스 밸브를 잠그지 않은 것 같아 불안해지는 것은 습관이었다. 눈에 불을 켠 아버지의 험악한 목소리와 함께였다. 이놈의 집 확 불질러버릴까? 아버지에게 맞아 돼지 주둥아리처럼 부어오른 입으로 어머니는 간신히 항거했다. 어차피 쥐구멍 같은 삶, 남에게 피해는 주지 말자고요.

남한테 피해 주기 싫은 년이 내 등골 빼서 번 돈을 날려? 그 돈을 어떤 놈 아가리에 처넣었는지 말해. 도망가 살기로 약속했냐? 그런데 그놈이 돈만 들고 튄 거지? 아버지는 손바닥에 불이 나게 어머니의 따귀를 올려붙였다.

그해, 나라가 망할 수도 있다고 했다. 커다란 기업들이 쓰러지고, 직원들이 거리로 나앉았다. 있는 놈은 더 부자가 되고 없는 놈은 밥숟가락도 입에 넣지 못하게 될 것이라고 했다. 아버지가 수년간 남의 집 벽지를 붙이며 모은 돈의 행방에 대해 어머니는 자주 말을 바꿨다. 적금을 깨서 한 달만 맡겨도 이율이 이십 프로가 넘는 은행에 넣었다고 했다가, 유망한 펀드에 투자했다고도 했다. 동네에서 두 정거장 떨어진 모텔에서 어머니가 사내와 함께 나오는 것을 봤다는 이가 있다고, 주식에 투자해 이자를 뭉텅이로 안겨준다며 돈을 꿔간 놈이랑 모텔에 들락거렸냐고, 그놈이 누군지만 불면 삼천만 원은 까맣게 잊고 살겠다는 아버지의 추궁은 끝이 없었다. 누군데요 아버지. 모텔에서 나오는 엄마를 봤다는 사람이 누구냐고요? 그 사람을 데려와요. 엄마 얼굴을 똑똑히 보면서 말하라고 하세요. 열 살인 내가 악을 쓸 때마다 아버지는 어머니의 뺨을 때렸다. 시장 바닥에서 누구에게 팔려도 무방하다는 듯 늘어져 있는 생선마냥 어머니의 눈에는 빛이 없었다. 어떻게든 아버지의 매질을 피해 보겠다는 의지조차 없었다. 때리다가 기운이 달리면 그놈이 누구인지 듣기 전에는 눈을 감지 않을 거라고 핏발을 세웠던 아버지의 장담은 이루어지지 않았다. 집주인이 재개발 통지서에 도장을 찍었으니 이사 준비를 하라는 통보를 해왔던 날, 어머니는 집을 나가 돌아오지 않았다.

4

로지는 높은 산자락 밑에 붙어 있었다. 여행 책자 정보란에 좋은 숙소로 소개되어 있는 곳이었다. 오래된 티베트 사원이 있는 마을 북쪽의 산 밑에 있어 전망이 뛰어나며, 특히 칸첸중가 봉우리를 가까이에서 볼 수 있다고 했다. 늦은 밤, 구불구불 언덕을 돌아 캐리어를 끌고 가는 일은 힘에 부쳤다. 바람이 불었고 가는 눈발이 흩뿌렸다. 막다른 길목, 아크릴 간판이 반이나 떨어져 나간 로지의 입구에서 커다란 개가 껑껑 짖었다. 자다가 일어난 듯 부스스한 소년이 우리를 맞았다. 여행 적기를 벗어난 눈보라 속에 찾아온 고객이 조금도 반갑지 않은 얼굴이었다.

광우는 카운터와 같은 층에 있는 일층의 방을 얻었다. 창문을 열면 바로 정원으로 나갈 수 있었다. 침대 시트와 이불은 더러웠고 스팀에서는 찬바람이 몰려나왔다. 마당 쪽으로 나 있는 창으로 빗물이 들이쳤다. 눈이 어느새 비로 변해 있었다. 나는 낡은 천 소파 옆에 캐리어를 두고 창가로 다가갔다. 내일 아침 칸첸중가 가까이로 가는 차편을 묻는 광우와 소년의 대화는 끝이 없었다.

유리창 너머로 보이는, 멀리 산비탈 곳곳에 허물어질 듯이 기우뚱하게 박혀 있는 집들에서 흘러나오는 흐릿한 불빛을 나는 쏘듯이 바라보았다. 맹렬한 적의가 솟아올랐다.

*

월세를 오만 원이라도 깎아보겠다고 악착을 떠는 세입자에게 계약을 성사시켜 복비를 받는 날은 조무래기들의 코 묻은 돈을 울궈가는 뽑기 장수라도 된 양 기분이 고약해졌다. 꼬불꼬불한 골목을 돌고 돌아 당도하는 집을 세 얻는 이들이나, 복비 몇 푼 받아먹자고 꾸역꾸역 올라가 보여준 집에서 물 샌 흔적이라도 눈에 띌까봐 애를 끓이는 나나 피장파장인 인생이었다. 어디까지 올라가야 돼요? 중간도 못 가 뒤에서 신경질적으로 묻는 이들도 있었다. 돈 없으면 몸이 고생하는 것 모르냐고 쏘아붙이고 싶을 때는 다리보다 마음이 더 아팠다.

세 달 전, 병원에 가서 건강검진을 받았던 날은 아침부터 세영의 어머니가 들이닥쳤다. 그깟 돈 이십만 원 벌자고 우리 딸을 살인사건이 났던 집에 집어넣어? 집주인은 집이 나가기 전에는 전세금 못 돌려주겠대. 어떡할 거야? 그녀의 행패가 길어질수록 나는 목구멍까지 올라오는 말을 참아야 했다. 사천만 원으로 그만한 집을 무슨 수로 얻어요? 내가 억지로 집어넣었나? 부동산을 상대로 고소하겠다고 그녀가 으름장을 놓고 간 후에 배가 꼬일 듯이 아팠다. 병원에 진찰을 받으러 갈 때만 해도 위염 정도를 예상했었다.

세영이 부동산으로 찾아온 날은 추적추적 비가 내려 종일 손님이 없었다. 저물녘에 골목길을 돌며 세영에게 옥탑과 반지하를 보여주었다. 부동산에 나온 전세 사천만 원짜리 집은 거의 다 보인 셈이었다. 혹시 좋은 집 나오면 연락주세요. 평지가 좋아요. 야근하는 날 어두운 골목 올라 다니기 무서워요. 곰팡이 핀 집은 싫고요. 세영이 명함을 내밀며 말했다. 생명보험회사 영업직 사원이라고 쓰인 글자들을 나는 건성으로 들여다보았다. 서울 사대문 안에서 사천만 원으로 깨끗하고 전망 좋고 평지인 집이라니. 다른 중개업자라면 시간 아깝고 입 아프고 발바닥 아프다고 상대도 하지 않을 손님이었다. 이틀 뒤 주말 오후에 세영이 또 찾아오지 않았다면 유리 빌라를 보여줄 생각은 하지 않았을 것이다.

창문이 산을 향한 방에서 세영의 얼굴이 빛났다. 새로 바른 모노륨 벽지를 손으로 쓸어보고 새로 깐 마룻장에 감탄했다. 내일 한 시까지 오면 계약할 수 있지요? 세영은 거리에 나와서도 유리 빌라 건물을 바라보다가 집주인에게 핸드폰을 걸었다. 마음에 드는 집을 구했으니 내일 오전까지 전세 계약금 십 프로를 달라고 말했다. 내가, 살인사건이 일어나 비어 있던 집이라는 말을 할 새도 없었다.

주인은 다른 세입자 들어오기 전에는 못 내준대요. 저 밤마다 무서운 꿈 꿔요. 이렇게 마른 거 안 보이세요? 뒤늦게 사정을 안 세영이 부동산에 찾아와 울먹였다. 저한테 왜 그러셨어요? 겁이 많아 어두운 집은 싫다고 했던 저한테요.

그러나 나는 간암 판정을 받고도 누구에게도 항의하지 못했다.

나한테 왜 그랬어요? 뻐끔뻐끔 겨우 숨이나 쉬고 사는 나한테. 하루 온종일 꼬불꼬불한 골목길로 손님을 끌고 다니며 일이 성사돼야 푼돈이나 받아 살아가는 내게……

5

낡은 카펫에서 올라오는 먼지와 추위와 부실한 식사로 내 몸살은 차도를 보이지 않았다. 광우는 다운타운까지 타고 나갈 택시를 부르려다 두 번이나 그만두었다. 이틀이나 숙소에 발이 묶여서인지 불만스럽게 입을 다물고 있는 광우를 볼 때마다 나는 사납게 소리를 질렀다.

"넌 내가 한심해 보이지? 건강관리도 못 하고 산 내가 병신 같지?"

앙칼진 내 말들은 자주 가래에 막히고 갈라졌다. 광우가 철통처럼 입을 다문 채 나가버린 방에서 나는 눅눅한 담요로 몸을 감싸고 끙끙 앓았다. 열이 내리지 않아 몸은 불덩어리였다. 오후가 되면서 창밖은 만개한 목화송이만 한 눈송이가 훨훨 날아다녔다.

6

검은 모래가 내 몸을 타고 다녔다. 방만하게 벌린 다리 사이, 생명을 뽑아내지 못한 어둡고 깊고 습한 구멍에서 흘러나온 모래더미에 묻히기 직전 식은땀을 흘리며 깨어났다. 침대 한쪽에서 자고 있었던 광우는 보이지 않았다. 뜨끈뜨끈한 차를 마시고 싶었다. 방의 어둑한 창으로 시간이 가늠되지 않았다. 수면제로 얼마나 오래 잠에 취해 있었는지 알 수 없었다.

꿈 언저리에서 따스한 웃음을 건네던 이는 창일이었을까? 폭풍우 치는 검은 모래에 속수무책으로 잠기는 나를 향해 손을 내밀었던 이……

광우의 대학 동창인 창일은 자주 나를 챙겼다. 그림 작업에 빠져 광우가 오래 집을 비울 때도 현관문 앞에 과일 바구니나 송이버섯 상자를 말없이 놓고 갔다. 나는 매번 머뭇대며 메시지만 보냈다. 고마운데, 폐 끼치는 것 같아 미안하네…… 이번이 마지막이었으면 좋겠네……

경제적 여유는 창일의 모든 것을 윤택하게 바꿔놓은 듯했다. 예의 바름은 시간이 지날수록 품위 있게 보였다. 화랑 주인 배불리며 시간과 돈과 열정을 잡아먹는 그림은 진작 개에게나 던져줬다고 시니컬하게 중얼거릴 때조차 넉넉한 품이 느껴졌다.

작년 내 생일에 창일이 저녁을 사주겠다고 전화를 해왔을 때 나도 모르게 공들여 화장을 했다. 창일이 끌고 온 자가용에 오르면서부터 가슴이 울렁거렸다. 한강변의 칠층 레스토랑에서 식사하는 내내 창일의 질척이는 눈빛이 감미로웠다. 와인 바로 옮기자는 창일의 제안에 더 이상의 술은 무리라고, 힘이 실리지 않은 거절을 하는 순간에도 나는 알고 있었다. 고급 차와 거한 식사로 내 마음을 사고 싶어 하는 남자를 만날 수 있는 가능성이 내게서 줄어들고 있음을. 광우의 친구라는 이유가 아니더라도 앞으로는 그의 유혹을 향해 촉수를 뻗을 수 없으리라는 것을. 떨어지지 않는 발길로 창일의 차에서 내려 집으로 들어오면서도 나는 후회했다. 창일이 돌아가다 차를 돌리지 않을까 싶어 희미하게 불빛이 고여 있는 가등 아래를 지켜보며 창가에 오래 서 있었다. 창일이 돌아온다면 기꺼이 동네를 벗어난 곳에서 밤을 새우겠다고 헛된 다짐을 했다.

창일은, 수년째 이렇다 할 창작물을 내놓지 못하면서도 그림을 포기하지 않는 광우의 정신을 높이 샀지만 속마음까지 그런지는 알 수 없었다. 북경오리와 해삼볶음과 동파육이 차례차례 나오는 동안 그는 쏟아지는 일러스트 일감으로 눈코 뜰 새가 없다고 투정을 부리듯 말했다. 곧 출판 기획사를 차릴 포부도 구체적으로 늘어놓았다.

광우는 자다 일어나 어디에 갔을까? 침대에 걸터앉아 광우를 기다리는 동안 아침이 밝아왔다.

7

칸첸중가를 가까이에서 볼 수 있는 마을로 가는 버스는 오늘도 운행하지 않는다고 했다. 날이 좋거나 관광객이 많을 때는 터미널에 줄을 서 있다는 개인 소유의 지프도 없다고, 이곳저곳으로 전화를 걸어본 카운터의 소년이 말했다.

　나흘 연속으로 발이 묶인 광우는 날카롭고 신경질적인 눈빛으로 창밖만 내다보았다. 말없이 방을 나갈 때는 로지의 옥상에 올라가 오래 눈을 맞으며 눈사람처럼 서 있었다.

　로지 주인 남자는 마당을 돌아다니며 빗자루로 눈을 쓸어댔다. 쉼 없이 쌓이는 눈 따위는 아랑곳 않겠다는 듯 구부린 그의 등은 고집스럽게 보였다.

8

　새벽 무렵에 수면제 두 알을 먹고 잠에 취해 있다 깨어났을 때 광우가 보이지 않았다. 창밖엔 눈이 그쳐 있었다. 나는 느릿느릿 침대를 내려와 방문을 힘겹게 열고 밖으로 나왔다. 로지 카운터의 소년이 나를 보자마자 광우가 떠났다고 말해주었다. 삼층에 묵었던 이탈리아 여자가 부른 택시를 타고 함께 떠났다고.

　그러나 걱정하지 말아라. 아무리 돈을 많이 줘도 이 눈 속에 멀리 가기는 힘들 것이다. 그렇지만 그들이 이곳으로 다시 돌아올지는 장담할 수 없다. 저 아래 다운타운에도 호텔은 많고, 벌써 다른 숙소에 있을지도 모른다. 그들은 어젯밤에도 룸에서 함께 와인을 마셨다. 그 전날 밤에도 함께 있었다. 우리 호텔에서 제일 비싼, 전망이 좋고 발코니가 있고 욕실이 넓은 방이다.

　고개를 좌우로 흔들면서 그 리듬에 맞춘 듯한 속도로 영어를 흘려보내는 소년의 입을 나는 먹먹히 바라보았다. 이탈리아 여자의 주문으로 소년이 치킨카레와 오믈렛과 샌드위치를 만들어서 올라갔을 때, 광우는 창가에 커다란 스케치북을 펴놓고 그림을 그리고 있었다고 했다. 창밖 멀리의 산비탈에 그림처럼 박혀 있는 집들을 그리고 있었단다.

몸을 질질 끌며 방으로 들어오는 내 뒤에서 소년이, 이탈리아 여자는 사진을 찍는다고 말했다. 칸첸중가 설산 봉우리를 찍기 위해 닷새 전부터 내가 있던 로지에서 머물렀다고.

간밤에는 나랑 함께 죽을 수도 있다고 하질 않았나……

광우가 먼저 제의한 동반자살에는 단서가 붙어 있었다. 꿈에서 보았던 그 빛을 찾고 나서 미련 없이 나와 함께 수면제를 먹겠다고 했다. 내가 원한다면 기꺼이 자신이 먼저 약을 삼키겠다고도 했다. 더 기대고 바랄 것이 남아 있는 눈빛으로 쏟아내는 광우의 말이 믿기지는 않았지만 나는 스산한 미소와 함께 농담도 던졌다. 두 사람쯤은 충분히 저세상으로 보낼 만큼 수면제는 넉넉하다고.

나는 광우를 찾아 미친 듯이 다운타운으로 내려갔다. 속수무책 속에서 유일하게 꿈틀거리는 게 있다면 '빛의 여행'을 만났던 날의 회한이었다. 그날 이후로 내 인생은 걷잡을 수 없이 꼬여버린 것만 같았다.

*

　나는 한순간에 그림을 알아보았다.

　여섯 자 장롱짝만 한 액자에 담긴 그림 속 허공은 어둡고 차갑고 깊고 검었다. 나자빠진 생선과 깨진 소라껍질이 뒹구는 바닷속이나 폐광, 주린 야생 동물의 배 속처럼 스산했다. 그러나 짙은 음영의 허공으로 은멸치 떼처럼 쏟아지는 빛살의 궤적을 쫓다 보면 높은 곳에 둥근 창이 있었다. 거대한 새의 눈동자, 태양, 보름달 이미지를 품은 그곳은 빛의 원천 같았다. 이 가지에서 저 가지로 마음껏 옮겨 다니는 새들이 노래하는, 날개를 펄럭이는 나비가 물결 같은 숨을 토하는 그 속으로 한 여자가 망사처럼 가볍게 춤을 추며 빠져나갔다.

　주식 투자자인 남자에게 꿔준 돈을 받으면 버스 정류장이 가까운 동네로 이사를 가자고, 박속처럼 환하게 웃으며 골목을 빠져나가던 날 입었던 어머니의 꽃무늬 원피스가 사각의 화폭 안에서 하늘거렸다. 쉰내와 악다구니가 끊이지 않는 동네에 벚꽃 몽우리 같은 웃음을 흩날렸던 엄마……

　삼십여 점 넘는 그림이 걸려 있는 전시장에서 〈빛의 여행〉은 순식간에 나를 끌어당겼다. 나는 화가인 광우가 내 옆에 오래 서 있었던 것도 알지 못할 만큼 넋을 놓았다. 광우가 곧 있을 개인 전시회에 초대하고 싶다며 연락처를 물었을 때도, 나를 사로잡은 빛의 아우라에서 헤어나오지 못했다.

　촉망받는 젊은 작가들의 초대전을 본 것은 추위 때문이었다. 보류 상태였던 남아프리카 패키지 상품이 갑자기 체결되어 일요일에 사무실에 나가 일하고 오던 길이었다. 강제 해직된 노동자들이 몰려나와 벌이는 시위로 내가 타야 할 버스가 노선을 변경해 운행하는 것을 알지 못했다. 몸이 얼어붙을 지경까지 정류장에 서 있다가 고층 건물 회전문 앞에 놓인 그림 전시회 안내 입간판을 보았다.

9

눈 녹은 길은 어디나 질척거렸다. 어수선하게 뻗어 있는 수갈래의 골목에 돗자리를 깐 장사치들은 추위에 몸을 움츠리고 있었다. 네팔, 티베트 난민들의 가게가 뒤섞여 있는 거리마다 얼굴과 코가 벌게진 사람들이 우글거렸다. 다운타운에 몰려 있는 차들은 흰 눈을 뒤집어쓰고 봉분처럼 꼼짝 못하고 묶여 있었다. 웅숭그린 이들의 콧김과 입김은 나오자마자 서리가 되어 얼어붙을 듯했다. 솜모자를 쓰고 거적때기 같은 외투를 입은 구릿빛 피부의 사내들 속을 아무리 뒤져도 광우는 보이지 않았다. 추위로 움츠리고 다니는 이들의 뒤를 무연히 밟다가 길을 잃었다. 영어인지 네팔어인지 부탄어인지 알 수 없는 이방의 말을 쏟아내는 사람들 속에서 나는 겁먹은 눈으로 사방을 둘러보았다. 한순간에 미아가 된 듯했다.

서울에 내가 돌아갈 곳이 있던가? 살인사건이 났던 집에 혼자 사는 아가씨를 말없이 세 들였다고 소문이 돌면서 부동산은 손님이 끊겼다. 자영업자가 한 집 건너 문을 닫는 판국에 부동산이라고 비켜갈 리 없었다. 월세도 감당 못하는 사무실은 진작 문을 닫았어야 했다. 물 새고 곰팡이 스는 것까지 왜 내게 따지냐고 계약자들에게 악을 썼던 순간들, 빛이 들지 않는 골목 모퉁이들을 구불구불 돌며 불판 위의 오징어처럼 오그라들었던 속으로 돌아가고 싶지는 않았다.

눈구덩이 속에 발목이 푹푹 빠졌다. 나는 광장의 중앙탑을 중심으로 뻗어 있는 골목길을 헤매고 다녔다. 사방으로 뻗어 있는 수 갈래의 골목은 비슷비슷하고 하나같이 발 딛기가 옹색하고 지저분했다. 어디로 올라가야 내가 묵었던 로지가 있는지 방향을 가늠할 수가 없었다. 어둠이 내린 길을 헤집고 다니는 내내 식은땀이 흘렀다. 배 속의 아이를 잃었던 날의 골목이 떠올랐다,

씨팔년 어디서 암내를 풍기고 다녀. 술 냄새와 함께 흘러나오는 취객을 피해 걸음을 재촉하다가 나는 발을 접질렸다. 발을 질질 끌면서 가파른 골목 아래로 줄달음을 치는 내내 욕설은 끊이지 않았다. 그러니까 좆 빤다고 밤늦게 돌아다녀? 개 같은 년. 마을버스조차 다니지 않는 외진 골목이었다. 늦은 퇴근 시간에 맞춰 집을 보고 나서, 집주인과 내가 인사를 나누는 중에 혼자 가버린 청년이 원망스러웠다. 씨팔년. 개 같은 년. 어디서 암내를 풍겨. 더러워서 내 원 참. 그 구멍에 볕들 날 있나보자 어디.

그날 배 속에 있었던 내 아이는 빛을 보지 못했다. 접질린 발로 달음질까지 치다가 십 미터나 굴러버린 나를 지나쳐가며 취객은 쉴 새 없이 욕을 날렸다. 씨발년. 더러워서 원.

10

방문 두드리는 소리가 들려왔을 때, 나는 침대 위에서 가까스로 몸을 일으켰다. 뜬눈으로 지새운 몸이 바윗덩어리처럼 무거웠다. 광우를 보면 가차 없이 쏟아질 것 같은 거친 말들을 누르며 굼뜨게 슬리퍼를 신었다.

너랑 함께한 칠 년 세월이 시궁창에 처박힌 듯해. 완벽하게. 더 이상 완벽할 수가 없잖아? 나랑 같이 죽자. 당장이라도 네 목을 조르고 싶어. 너는 나쁜 놈이야. 세상엔 빛을 내보이려고 그토록 애를 쓰면서 내게는 진흙탕 속을 보게 했다고.

나는 지그시 이를 물었다. 이국의 여자와 우아한 밤을 보낸 것 정도를 탓할 만큼 속 좁은 여자가 아니라는 증거로 밝게 웃어주고 싶었다.

잘 알잖아. 내가 이해심이 얼마나 깊은지. 월세 부담으로 허리가 휘면서 열어준 화실에서 네가 미술 대학 후배라는 여자와 있는 것을 보면서도 입도 뻥끗하지 않았잖아. 기억나? 작품 합평을 오밤중에 만나서 하느냐고, 남자 혼자 있는 화실에서 속치마만 입고 있는 것을 설명하라고 요란을 떨지도 않았잖아. 몇백 미터 거리에 아내가 있는 남자에게 달라붙어 무슨 짓이냐고, 졸린 눈을 비비며 만들어간 빈대떡을 그년 낯짝에 붙여버리지 못한 것을 후회하지도 않았어. 학교 다닐 때부터 함께 작업하면서 허물없이 지낸 사이라고, 네가 뒤늦게 어설픈 해명을 했을 때도 우아하게 웃었던 것 기억하지?

나는 멋쩍게 들어설 광우에게 보일 표정을 가다듬었다. 최대한 너그러우리라. 지금껏 그랬듯이. 오감을 동원해 오묘한 색감을 뽑아내야 하는 광우는 멀리에서만 내 사람이었다. 작업하다 쓰러져 내 옆에서 자고 있는 광우는 언제나 먼 곳에서 날아온 별빛 같지 않았던가. 나는 새삼 각오를 다지듯 입술을 꾹꾹 물며 방문을 열었다.

"아유 오케?"

야채 스프가 담긴 대접을 쟁반에 받쳐 든 소년이 웃고 있었다.

호텔 주인이 베푸는 서비스다, 그는 한겨울에는 손님이 없기 때문에 투숙객에게 늘 친절하다, 따뜻할 때 먹고 기운을 내길 바란다, 고 말하는 소년에게 나는 오 달러를 내밀며 부탁했다. 칸첸중가 설산 가까이 가는 택시를 불러달라. 요금은 얼마든지 지불하겠다.

아마도 네 남편은 파슈파티로 갔을 것이다. 칸첸중가로 갈 수 있는 곳이다. 국경을 넘어 네팔로 들어가면 직접 산을 탈 수도 있다. 그들은 좀 더 가까이에서 빛을 잡자고, 와인잔을 부딪치며 약속했다. 다행히 오늘은 그쪽으로 가는 지프차가 있다. 원한다면 지금이라도 터미널에 가서 차를 탈 수 있다.

소년은 내가 내민 팁이 믿을 수 없다는 듯이 눈을 크게 뜨면서 끝없이 말을 쏟아냈다. 돈만큼의 보답을 해야겠다고 작정이라도 한 듯했다.

11

파슈파티로 가는 사람들이 모이는 동안 나는 짚차 뒷좌석 등받이에 몸을 기댔다. 히터를 틀지 않은 차 안에 냉기가 돌았다. 열 명을 채워야 차가 떠날 수 있다고 했다. 인도에 장을 보러 나왔다가 폭설 때문에 며칠 발이 묶였다는 네팔 노인이 내 옆자리로 들어와 앉았다. 그는 태평한 얼굴로 시종 미소를 짓고 있었다.

기를 쓰고 쫓으리라. 찾아서 함께 죽어야겠다고 떼를 쓰리라. 생의 보상을 받을 길은 광우의 품에서 죽는 것밖에 없었다. 가볍게…… 작은 꽃잎 한 장이 훨훨 내려와 땅에 닿는 만큼…… 딱 그만큼의 무게로 남은 생을 내려놓으리라

네팔 노인은 파슈파티에서 국경을 넘어 네팔로 간다고 했다. 틈없이 앉은 사람들을 싣고 차가 출발했을 때, 그는 자신이 사는 마을 자랑으로 침을 튀겨냈다. 휴양지로 알려지진 않았지만 꿈결처럼 한적하고 평온하다고 했다. 햇살이 자주 나와 우기에도 칸첸중가 봉우리가 뿜어내는 설빙의 장관을 볼 수 있는 곳…… 물결치듯 뒤덮인 차 재배 농장과 오렌지 과수원, 카르다몬 농장, 키 큰 일본산 삼나무 숲을 지나면 먼먼 마을의 냄새가 국경을 넘어 날아온다고 말하며 창밖으로 시선을 돌리는 네팔 노인의 얼굴에 포근한 미소가 어렸다.

아무리 매력적인 곳이라도 광우가 갔을 법한 곳이 아니면 내겐 의미가 없었다. 내가 노인의 찬사에 건성으로 고개를 끄덕이는 것에도 지쳐갈 무렵, 깊고 우람한 산을 양옆으로 끼고 달리던 승합

지프가 우뚝 멈춰 섰다.

멈춘 승합 지프에서 내린 열한 명의 사람들이 달라붙어 오래 수선을 떨고도 차는 움직이지 않았다. 고장 난 차에 산소 용접을 하는 운전기사를 나는 막막히 지켜보았다. 무슨 방도를 내놓으라고 닦달하는 이도 없었다. 대체 어떻게 된 것이냐고 안달하는 나를 대하는 운전기사의 표정도 태평했다. 시킴 지역 갱톡 출신이라는 운전기사가 내 영어를 알아듣지 못한 것인지, 차가 왜 멈췄는지를 모르는 것인지 답답했다.

12

흰 눈밭 위에 손바닥만 하게 퍼져 있는 내 토사물을 나는 물끄러미 들여다보았다. 강하게 구토감이 치밀었던 만큼 내장을 훑고 나온 음식물은 많지 않았다. 차 안에서 네팔 노인이 권해서 억지로 먹은 비스킷은 소화되지 않은 채 흘러나왔다.

수년간 항아리 속에서 묵힌 듯한 젓갈색, 그것은 암세포에 휩싸인 내 간덩어리 같았다. 골목 언덕에서 굴러 아이를 잃었을 때, 광우의 개인 전시회를 위해 뺀 전셋집 보증금을 한 푼도 거둬들이지 못했을 때, 오래 잠수 중인 광우를 찾아 해매일 때마다 그것은 오그라들며 동동대느라 한시도 고요할 수가 없었다.

낡은 집의 흠들을 감추며 전세계약서를 얻어내기 위해 세입자에게 볼펜을 밀어주며 숨죽였던 순간들이, 어차피 인생은 알게 모르게 속고 속이며 살얼음판을 건너가는 것이라고 입을 앙다물며 표독스러워졌던 순간들이, 그렇게 악착을 떨어도 왜 늘 창자 속처럼 더럽고 감춰야 하는 것들 투성이인지 몰라 폭삭 주저앉고 싶던 순간들이 내 간을 좀먹어갔다. 그렇게 벌어서 마련하는 화구를 그림이 풀리지 않을 때마다 집어 던지는 광우를 미워하고 원망할 때마다 내 주름도 늘었다. 마흔도 되지 않은 여자가 지니고 있기엔 유독 흉측한 것이었다.

유일하게 네게 선물이랍시고 받은 그림의 색을 닮아 있네. 내 간 말이야.

나는 차갑게 웃었다. 그림에 홀려 들어온 곳이 깊이를 알 수 없는 짐승의 어두운 내장 속 같았다. 암세포에 장악되지 않은 간이 손가락마디만큼이라도 남았을 때, 남은 인생은 내 손으로 잘라내고 싶었나. 필히 광우의 품에서 하고 싶었나.

행복이 뭐냐고? 손가락마디 헤아리듯 빤한 것이야. 둥근 유리컵 속에서 출렁이는 핏빛 포도주와 색색의 산해진미를 눈앞에 둔 이들이 뿜어내는 웃음기 같은 것. 최상품의 비단처럼 우아하고 속되고 교묘해. 네가 무슨 재주로 그 속살을 잡겠다는 거지? 굶주려 죽어가는 들고양이처럼 퀭한 눈으로⋯⋯

*

여행사 주소로 전시회 초대장을 받았던 날은, 광우의 얼굴이 기억나지 않았다.

토요일 오후, 갤러리들이 모여 있는 서울 도심은 몰려나온 사람들로 복잡하고 어수선했다. 약도에서 눈을 떼지 못한 채 치이고 발을 밟히며 찾아간 전시장이 갯벌처럼 무겁고 썰렁해서 나는 지나치게 자주 미소를 띠었다. 광우에게 축하한다는 말도 되풀이했다. 식품영양학과를 나와 그림은 잘 모른다고도 했다. 전시장 근방의 식당에서 파전과 막걸리를 앞에 놓고 광우와 마주 앉았을 때는 어색하고 불편해서 빠른 속도로 술을 마셨다. 서로의 귀가를 챙겨야 할 만큼 밤이 깊었을 때는 몸을 잘 가누지 못할 만큼 둘 다 취해 있었다.

　전시회에 걸었던 그림을 선물로 주고 싶다고 광우가 전화를 해 온 것은 그날로부터 한 달가량 지나서였다. 서른을 앞두고 싱숭생숭한 가을을 넘기던 즈음이었다. 한 시간 가까이 화사해 보이는 옷을 고르는 데 열중하다 약속 장소로 갔을 때 광우가 먼저 와 있었다. 누렇게 뜬 광우의 얼굴은 초췌하고 기력이 약해 보였다. 광우에게, 받아도 되는지 모르겠다며 손사래를 치다가 받았던 그림은 십사 인치 텔레비전만 한 크기의 액자에 끼워져 있었다. 광우는 전시한 그림들 대부분을 지인들에게 선물했다고 말했다. 나는 그 자리에서, 어수선한 골목과 다닥다닥 붙은 집들과 수많은 인간 군상이 점과 선과 면으로 이루어진 듯한 화폭을 오래 보았다. 칙칙하고 무거운 색감의 추상화가 무엇을 보여주는 것인지 아리송했다. 화려함 밖으로 밀려난 것들이 음지에서 피워내는 빛의 향연을 형상화했다는 광우의 설명에 어정쩡하게 웃는 것으로 난처함을 감췄다.

13

온몸으로 해바라기를 하듯 멀리의 칸첸중가 봉우리를 향해 두 팔을 활짝 펴고 있는 거대한 눈사람 앞에서 나는 얼어붙은 듯 멈춰 섰다. 또다시 구토가 일며 현기증이 몰려왔다. 고장 난 차량에서 내린 사람들이 보이지 않을 만큼 산속 깊이 들어올 때는 보지 못했던 눈사람에 덮인 눈을 쓸어내면 금방이라도 광우가 드러날 것만 같았다.

내 남편이다. 빛을 찾아왔다가 얼어죽었다.

나를 데리러 산속으로 들어온 네팔 노인 앞에서 나는 절규하듯 울부짖었다. 뛰어가서 손을 뻗어올리면 광우의 날카로운 콧날이 만져질 듯했다. 양발을 높이 들고 몸을 쭉 늘여야 닿을 수 있었던 광우의 콧날, 베일 듯 예리하게 빛나던 날카로움을 내 입술로 탐했던 순간들이 꿈의 한 자락처럼 지나갔다. 그의 영혼은 온전한 색을 찾지 못해 꿈속에서도 헤맬지라도, 몸은 내 옆에 있어서 충일했던 때가 있었다.

이렇게 죽어가는구나. 네게도 삶은 그런 것이었구나. 주린 짐승의 배 속만큼이나 막막하고 축축하고 어두운……

고장 난 차의 운전기사가 지나가는 승합 지프를 막아 세웠다고, 그 차에 옮겨 타야 한다고, 어서 나오라고 손짓하는 네팔 노인이 보이지 않을 만큼 눈물이 앞을 가렸다. 광우 곁으로 가고 싶었지만 수북한 눈에 무릎까지 빠졌다. 어서 가서, 그림을 그리는 것 말고는 할 줄 아는 게 없는 광우의 길게 쭉쭉 뻗은 손가락들을 어루만져주고 싶었다. 싱크대 낡은 문짝은 연둣빛 시크지로 붙이고, 부엌 창틀엔 허브 식물이 자라는 화분을 줄줄이 늘어놓고, 그림 그리는 너를 위해 커피 원두를 갈았던 신혼집에서 나는 행복했다고, 갈치를 굽고 감자를 삶고 국수를 비벼내며 웃는 풍족한 생활을 위해 발버둥을 치면서도 옆에 네가 있어 삭막하지 않았다고, 눈구덩이에 빠진 내 울음은 질기고 스산하고 깊었다.

옆에 광우가 있어 한때 나는 세상 무엇도 부럽지 않았다. 유치원생 아들의 재롱잔치를 보러 가는 친구의 얼굴에 핀 웃음의 진가를 알아차렸을 때는 오만으로 나를 덮었다. 처음부터 잘못 골라 탄 말에 가엾는 채찍과 당근을 일삼으며 세월을 갉아먹은 것은 아닌가, 의심이 들 때마다 집착은 질겨졌다. 광우가 언젠가는 무거운 공백을 깨고 레몬처럼 싱그런 빛의 덩어리가 솟아나오는 그림을 그려낼 것이라고 믿고 싶었다. 반드시 역작으로 금빛 날개를 퍼덕이며 날아오를 거라고……

비바람과 눈보라 속에서 일찍 잎을 떨구고 죽어간 나무라네. 세월이 거듭되면서 긴 가지 두 개만 남아 두 팔을 벌린 사람 형상으로 변했다네. 기특하지 않나? 한번 터 박은 곳을 떠나지 못하는 비애를 안고도 얼마나 꿋꿋한가? 어떤 나무들은 죽은 몸뚱어리를 뚫고 새 싹을 밀고 나오기도 한다네. 알 수 없는 조화지. 어떤 힘이 죽은 육신을 밀어내고 나오는지……

네팔 노인의 입김과 함께 흘러나오는 말이 바람에 흩어졌다. 어지럼증이 몰려왔다. 네팔 노인이 달려와 내 겨드랑이에 팔을 끼어 부축하려는 순간 앞이 보이지 않았다. 눈으로 온통 새하얀 세상이

장막처럼 어두웠다.

*

그즈음 고모에게 어머니의 소식을 듣지 않았다면, 서른을 앞둔 가을이 쓸쓸하지 않았다면, 그림 선물에 보답하는 의미로 광우를 집에 초대하는 일은 벌이지 않았을까?

여행사 월급을 모아 전세금을 마련했던 내 오피스텔에서 광우와 서슴없이 몸을 섞을 때는 알지 못했다. 잘못하다간 온몸이 진흙으로 범벅이 되는 갯벌 속에 내가 발 한 짝을 막 집어넣었다는 것을.

세상 죄 짓고 못 사는 거다. 나쁜 년. 얼마나 고생을 하고 살았으면 기미로 얼굴이 시커멓더라. 그 예쁘던 얼굴이. 내가 곗돈 받으러 삼 년을 그 시장바닥 들락거렸는데, 그래서 못 알아봤어. 골방 같은 곳에서 순댓국 팔고 있더라니까.

니 아빠 불쌍하게 살다 죽은 것 생각하면 내가 그 자리에서 머리채 휘어잡고 시장바닥을 뱅뱅 돌려도 시원찮았다.

자식이 둘이나 있더라. 아들 하나 딸 하나. 나 있는데도 그것들이 참고서 사게 돈 달라고 떼쓰더라. 그렇게 나갔으면 잘난 놈 만나서 보란 듯이 살든가.

행여라도 너나 경수 앞에 나타날 생각 말라고 못 박고 나왔다. 시집장가 보낼 때 엄마가 바람피운 것 들통나서 집 나갔다고 하는 것보다 죽었다고 하는 게 낫지.

동네까지 차 끌고 들어온 놈 옆에 앉아 시시덕거리며 가는 것을 본 사람이 한둘이 아냐. 니 아빠도 등신이다. 사진관 장씨가 똑똑히 봤다고 말했다더라. 일 벌어지기 전까지, 단도리 잘하라는 내 말도 안 들었다. 워낙 예쁜 얼굴이라 길거리에서도 차 태워주겠다는 남자가 한둘이 아닐 거라나. 급한 일 있어 모르는 사람차를 얻어 탔고 시내 나갔을 거라고 하더라. 저처럼 못난 놈 만나지 않았으면 떵떵거리며 살았을 거라고. 금이야 옥이야 여편네 챙기는 사람이었다, 니 아빠. 미련한 년. 지 팔자 사나워서 그 복을 찼어.

삼천만 원 주고 나서 그놈은 코빼기도 못 봤다더라. 다닌다던 은행도 가보고, 그놈이 산다는 아파트도 가보고, 혼자 난리를 친 모양이야. 은행 다니고 아파트 사는 놈이 미쳤다고 노가다꾼 여편네에게 반했겠냐? 홀딱 벗겨가려고 차에 태워 여관까지 끌고 다닌 거지. 속창아리 빠진 년. 집에 어린 자식새끼들 두고 그러고 싶었을까?

미친년. 말은 그러더라. 자기 때문에 길바닥에 나앉게 된 가족들 볼 면목이 없어 돈 벌어오려고 집 나왔다고. 할 줄 아는 게 없어 고향 언니가 하는 생맥주 집에서 일했대. 혼자 남아 가게에 딸린 방에서 자다 보니 외롭고 고달팠다나. 절대 고생 안 시키겠다고 장담하는 놈과 살림까지 차렸다더라. 몇 놈을 거치면서 살았는지 알게 뭐냐. 함께 순댓국밥집 하면서 사는 놈이 몇 번째인지 알아서 뭐해……

아버지 기일에 제사상에서 거둔 돈전으로 정주 한 병을 비우며 고모의 성토는 끝이 없었다. 같은 여자 입장에서 보면 안됐다는 말과, 하늘이 벌을 내렸다는 말을 번복했다. 그러면서도 세 달 전에 우연히 어머니를 봤다는 시장이 어디인지는 끝내 말해주지 않았다. 밤 운동을 나갔던 경수의 기척에 고모가 입을 다물 때까지 나는 단 한 번도 입을 떼지 않았다.

14

수키야까지 간다는 승합 지프의 지붕 위에 고장 난 차의 승객들이 어깨를 맞대고 앉아 있었다. 나는 네팔 노인의 부축을 받으며 삐걱거리는 나무 사다리를 안간힘을 다해 기어올랐다. 마지막으로 네팔 노인이 자리를 잡기 무섭게 치는 폭삭 가라앉는 소리를 내지르며 시동을 걸었다.

점점 멀어지는 협곡을 아래로 두고 아슬아슬하게 벼랑을 올라가는 차의 꽁무니를 따라오는 바람은 거칠고 광포했다. 산속의 거대한 나무들이 눈보라를 날리며 가세했다.

무엇을 찾아 이곳에 왔는가?

네팔 노인이 솜저고리를 벗어 웅크린 내 등에 덮어주며 물었다.

빛이요. 빛.

옳아. 홀리 축제를 보러온 모양이네. 나라 전체가 떠들썩한 잔치지. 봄을 맞는 축제라네. 그날 삼억삼천이 넘는 신들이 다 몰려나온다네. 멀지 않았네.

네팔 노인은 그 날을 위해 칼림퐁 다운타운에서 색색의 가루들을 사가는 길이라며 옆구리에 낀 푸대 자루를 눈짓으로 가리켰다. 수키야 다운타운에 가면 파슈파티 가는 차가 많냐는 내 질문에 네팔 노인은 시원스런 대답을 해주지 않았다. 그곳도 눈이 많이 왔을 거라고만 했다. 갠 날이 많아 우기에도 칸첸중가 봉우리를 볼 수 있다는 파슈파티에 광우가 있을까?

해가 사위고 있었다.

이곳의 겨울은 터를 내린 이들에게도 만만치 않다, 여행자에게는 말할 것도 없다, 그러나 봄이 되면 거대한 색의 향연이 펼쳐진다. 내가 사는 국경 마을에 머물면서 그것을 보는 기회를 선사하고 싶다. 우리 동네 사람들 모두 그날을 기다리며 살고 있다.

사람들이 던지는 색색의 가루가 하늘을 뒤덮는 광경은 흡사 전쟁터와 같다고, 여자들은 막대기로 남자들을 사정없이 때리면서 쌓인 불만을 풀어내기도 한다고, 서로에게 색색의 가루를 뿌리고 던지며 풍요와 건강을 빌어준다고, 그러니까 그것은 용서와 화해의 축제라고…… 네팔 노인의 말은 끝이 없었다.

흙 속에서 막 캐낸 고구마? 선명하고 짙붉은 색감요. 원래의 내 간덩어리를 닮았을 듯해요…… 윤기가 줄줄 흐르는 색감으로 온몸을 휘감고 마음껏 뒹굴고 뛰고 싶다고 혼잣말을 중얼거리는데, 속이 메스껍고 어지러웠다. 햇살이 넘치는 곳에 사지를 길게 펼치고 누워 한바탕 늘어지게 자고 싶었다. 그러나 나는 잠 속으로 떨어지지 않으려고 눈에 힘을 주었다.

기미가 덕지덕지 앉았다는 엄마에게는, 보기만 해도 환해지는 꽃분홍이 좋겠네. 그리고, 광우를 만나게 된다면…… 아주 아주 먼 곳에서 반짝이는 별빛 같은 색을 마구 마구 뿌려줘야겠어. 단 한마디의 말과 함께. 너도 참 힘들었지? 캄캄한 땅속의 아빠도 불러내야지. 눈감는 날까지 엄마가 돌아오기를 기다리며, 한 번의 실수를 눈감아주지 못한 것을 자책하며 술로 몸을 망친 아빠에게는 무슨 색감이 좋을까?……

보고 가겠는가? 사람들 얼굴에 피어나는 신을 보고 싶지 않은가?

네팔 노인은 축제에 쓰려고 준비한 것을 보여주고 싶다며 부대 자루를 감은 노끈을 풀어헤쳤다. 막을 겨를도 없이 열린 부대에서 색색의 가루들이 부웅 날아올랐다. 색가루가 분수처럼 솟으며 내 얼굴에도 쏟아졌을 때 햇볕이 쨍 내리쬐었다. 눈 쌓인 거대한 숲이 칸날 같은 바람 소리를 내지르는 너머에서 번개처럼 날아온 빛의 위용에 나는 두 눈을 번쩍 떴다.

"칸첸중가."

네팔 노인이 뻗어 올린 손가락 너머에 설산 봉우리가 장대하게 솟아 있었다. 나는 시리도록 눈부신 빛을 보았다. 한 점의 맑은 햇살과 버물린, 금방이라도 눈을 멀게 할 듯한 백색의 광채였다.

그것이 정말 설산이 뿜어낸 빛이었을까?

그러나 어느 순간 차는 내가 본 것이 헛것이었다는 듯이 경사가 급한 내리막길을 향해 태연히 몸을 틀었다. 나는 그것에 맞서 젖은 나비 같은 몸을 일으켜 칸첸중가 설산 봉우리를 향해 두 팔을 펼쳤다. 절로 탄성의 소리가 흘러나왔다. 크게 벌린 입속으로

빛이 쏟아져 손가락마디 정도 남은 젓갈빛 내 간에도 닿았으면
싶었다.

　부디, 오래 부대껴온 그것에 닿기를⋯⋯

위험한 거래

*

파라다이스. 노인이 들어가는 모텔의 입간판은 햇살에 반사되어 아크릴판의 초록 글씨가 희미하다. 내게 오만 원을 주고 앞서 간 노인은 삼십 여분 넘게 뒤를 돌아보지 않았다. 주택가 골목에 모텔이 있다는 것을 아는 것을 보면 초보는 아니다. 점잖고 말쑥해 보이지만, 옥자의 말대로라면 모두 그놈이 그놈이다. 돈을 건넨 후에는 팬티 속으로 손을 밀어넣고 아무렇지도 않게 속살을 후비는 남자들.

벌금 십팔 만원의 약식기소 처분을 받은 이들이 수두룩한 마당에 용케도 버텨왔다. 한때는 눈에 불을 켜고 단속이 이루어졌던 도심의 공원을 어슬렁거리지 않아도 이 거리에 수요자는 넘쳐난다. 뛰는 경찰 위에 활활 나는 여자들 있다. 시들어가는 몸이나마 팔아야 하는 여자들……

원하면 씻겨주겠다는 여자에 밀려 엉겁결에 욕실 안으로 들어오고 말았다. 나 혼자 씻으리다. 좀 오래 걸릴 것 같소. 나는 당황하며 말했다. 오래 씻어야 하리라. 이생에서의 마지막 목욕. 물만으로 씻어낼 수 있는 것들이라면 남김없이 다 씻어내고 싶다. 이곳까지 오는 동안 등판을 축축하게 적신 것은 땀만일까?

틈새마다 때가 낀 샤워기 줄이 욕실 바닥에 뱀처럼 흐드러져 있다. 뒤바뀐 순서만큼이나 개운치 않다. 머리카락 뭉치가 막고 있는 배수구를 나는 멍하니 바라본다.

*

물소리가 새어나오지 않았다면 욕실 문을 열어보았을 것이다. 침대와 벽 사이에 놓인 다탁 위의 믹스커피를 두 잔이나 마셨다. 모텔방에 들어서자마자 씻겨달라고 보채는 이들에게 익숙한 내게는 노인의 유별남이 석연찮다. 일흔 살 생일을 장흥에 가서 함께 보내자고 열흘 전부터 전화를 해왔던 이는 왜 나오지 않은 것일까? 한 시간 넘게 오래된 극장이 있는 건물 밑을 서성이다 노인을 만나지 않았다면, 어이없이 공친 아침나절이 속상해 가슴을 쳐댔을지 모른다.

*

타월을 두른 거울 속의 내 몸뚱이는 힘없이 늘어져 있다. 할 말이 있소…… 내 등을 지나 욕실로 가는 거울 속의 여자에게 나는 조급히 내지른다. 잠시 얘기 좀 합시다. 우선 얘기를…… 겨우 뱉은 말은 목젖만큼이나 떨림이 심하다.

*

넥타이까지 단정하게 맨 노인과 다탁을 사이에 두고 마주 앉아 나는 마른침을 삼켰다. 불편하고 불안하다. 이 거리에 나온 지 삼 년, 별의별 인간을 다 만나봤다. 음부에 땅콩을 집어넣었다가 하나씩 꺼내먹고 싶다고 들볶다가 뜻을 못 이루자 약속된 화대 대신 침을 뱉고 나가버린 놈을 일 년 전에만 만났어도 작살을 냈을 것이다. 아니면, 땅콩 아니라 바퀴벌레를 넣겠다고 해도 들어주었거나. 땡볕 아래 호박꽃처럼 헐겁고 헤벌어진 음부를 벌리는 게 무섭겠는가. 더 이상 감출 것도 감추어지지도 않는 것을……

*

별천지를 함께 가겠다는 대답을 기다리는 것도 아닌데 가슴이 이리 뛰는가?
여자의 대답을 기다리는데, 내 눈에서 닭똥 같은 눈물 한 덩이가 툭 떨어져 쇄골 사이로 미끌어진다. 예측 못한 불상사다.

*

영원한 어머니상. 어버이에게는 효녀, 지아비에게는 정숙한 아
내, 자식에게는 자애로운 어머니. 아, 정숙하고 자애로운……
  나는 오만원권 지폐 속 신사임당을 쏘듯이 바라본다. 저 단정한
입매와 눈매. 이생에서는 시샘조차 할 수 없는 귀품 어린 자태.
  ─세어보시오. 천만 원에서 한 장도 부족하지 않소.
  일부러 은행에 가서 새 돈으로 준비했다는 노인의 말은 담뱃값
이나 껌값 계산하듯 태연하다.

*

  ─마음이 바뀌지는 않소. 댁이 아니면, 또 다른 이를 찾아야겠
지. 고단한 일이야. 얼마나 헤매야 할지 알 수 없고.
  내 말은 흐트러짐이 없다. 마음 같아서는 말을 거르지 않고 내
지르고 싶다. 거리에 나와 남자를 찾는 것과는 비교도 안 되게 큰
돈 아니오, 라고.
  ─거절한다고 해도 변하는 것은 없소. 천만 원이 물 건너 가는
것뿐이지. 댁에게 일어나는 일은 그뿐이라오.
  여자의 미간이 꿈틀거렸을 때 밀어붙여야 한다. 근 한 달, 여자
의 주변을 맴돌았다. 여자가 도심 속 호젓한 공원에서 나이 든 이

들과도 접촉한다는 사실까지 나는 미행을 통해 알았다.

　─댁의 선한 눈빛이 마음에 드오. 이생에서 눈감기 전 내가 마지막으로 볼 얼굴 아니오. 그래서 나도 물색이라는 것을 했다오. 마음이 나쁜 여자라면 잠든 나를 두고 돈만 들고 나갈 수도 있으니……

　이생에서 눈감기 전 마지막 보는 이가 누구일지, 전에는 생각해보지 않았다. 생애 마지막 부탁을 들어줄 이를 찾아 헤매다 여자가 들어온 건 슬픈 눈빛에 감춰진 맑음이었다. 아파트 주변의 공원에서 쾌청한 하늘 너머로 고개를 길게 늘이던 여자가 내 눈에는 늙지도 젊지도 않아 보였다.

　이 강한 욕망의 정체가 정녕 죽음인가? 내 몸을 한 바퀴 돌고 나온 것에 먹먹해하는 사이, 여자의 핸드폰 벨소리가 요란하게 정적을 깼다.

＊

　'국사 강사 존나 졸려~ 뭔 소린지ㅠㅠ 요번 시험도 글렀어~ 떨어지면 복학할 거야ㅠㅠ 알아쩌'

　이란이라던가, 인도라던가? 딸은 서남아시아 어딘가에 붙어 있다는 나라의 문화사를 공부하기 위해 복학을 원했다. 딸이 대학을 다니다 말고 검찰 공무원 시험을 준비한 지 두 해가 넘었다. 딸은 대학을 졸업하면 그 나라로 유학을 가겠다는 꿈을 지니고 있었다.

　등록금을 무슨 수로? 재수로 대학에 진학한 아들의 학비만으로도 벅찼다.

다 때려치우고 시집이나 갈까? 두 번째 떨어졌을 때 투정하는 딸의 등짝을 때려주고 싶은 것을 참았다. 스물넷에 이도저도 아니어서 가는 시집이라면 어떤 남자를 만나겠냐? 눈을 흘기고도 미안했다.

서른여섯에 시험관으로 어렵게 얻은 딸이다. 남편이 살아 있었다면 눈에 넣어도 아프지 않게 키웠을 것이다.

'밤에 얘기하자~ 식당 손님 많아~~~'

나는 손바닥에 핸드폰을 올리고 딸에게 또박또박 답장을 보냈다. 다탁 위의 오만원권 뭉치로 향하려는 시선을 붙잡아두느라 애를 먹었다.

*

여자의 묵묵부답에 맞서 나는 매달리듯 말했다. 오만원권 뭉치에서 여자의 시선은 흔들림이 없다.

—돈이 부족하오?

내 목소리는 절박하고 진지하다. 수중에 있는 돈은 다 찾은 것이다.

—술과 수면제로 죽은 듯 잠에 빠진 내 목을 넥타이로 조여주면 끝나는 것 아니겠소? 잠들었으니 고통 따위도 모를 거요.

—……

—그러고 나면 아까 들어온 뒷문으로 나가시오. 앞문은 차도로

연결되는 길이라 ……

　—……

　—이 건물은 내 것이었소. 아들놈이 대형 슈퍼를 차린다기에 내가 싼값에 팔아치웠지. 새 주인이 노래방을 차렸는데, 언젠가부터 모텔로 바뀌어 있더군. 이곳에서 아들놈을 유학 보낼 때까지 키웠다오.

　—……

　—소주는 내가 사오리다. 나 혼자 나갔다가 앞문으로 들어오겠소. 시시티비에 잘 보이게 얼굴을 쳐들어 보여주고 오면 완벽하오. 아까 우리가 들어온 뒷문에는 시시티비가 없소. 나 혼자 소주를 사들고 이곳에 들어오는 게 찍히면 되오.

　—……

　—만약, 일이 잘못되어 어수선해진다면, 이렇게 합시다. 그쪽은 나랑 소주를 마셔준 대가로 돈을 받은 것으로.

　—……

　—함께 술을 마셔준 대가 말이오.

＊

　내 눈은 머리를 틀어올린 조선 사대부 여인에 묻혀 꼼짝을 못하고 있다. 지폐 속 정갈한 모습의 신사임당은 성스럽다.

*

　―간단하잖소. 댁은 이 방을 나가서 그저 내 아들놈에게 전화만 해주면 되오. 긴말할 것도 없소. 이곳에 내가 잠들어 있다고만……

　―무슨 사연인지 모르겠지만, 나도 죽으려고 모진 맘, 그러니까 실행은 못했지만, 그러니 길에서 어르신을 만나 지금 이렇게……

　나를 설득하려는 것인가? 아무 소용 없는 저것을 언제까지 계속하려나.

　―갑자기는 아니라오……

　아내의 사십구재를 마치고도 몇몇 달이 흐르지 않았나.

　―의지 없이 세상에 나왔지만 갈 때만은 의지를 발휘해보는 것도 나쁘지 않을 것 같소……

　차라리 여자에게 기막힌 사연을 구구절절 털어놓을까? 그렇다면 여자가 오롯이 천만 원만 생각하며 내 제의를 받아줄 수 있으려나? 그러나 어디서부터…… 여느 부모와 다르지 않게 아들놈을 사랑으로 키웠노라고?

*

　뭘 망설이는 거요?…… 아니 왜? 노인의 말은 환청이었는지도 모르겠다. 오만원권에 떨궜던 시선을 들었을 때 노인은 고집스럽게 입을 앙다물고 있었다.

*

　모텔을 나와 이십여 분을 걸어 들어선 재래시장 곳곳은 삼십 여 년 전과 그다지 변하지 않았다. 만들어 파는 손두부와 왕만두집, 참 기름 짜는 집, 야채와 버무린 생선살을 무더기로 쌓아놓고 즉석에 서 어묵을 튀겨내는 가게들을 양옆으로 끼고 묵묵히 걸었다.

　정육점 옆으로 붙어 있는, 테이블 여섯 개가 있는 식당에 손님 은 여자와 나뿐이다. 다행이다.

　카운터를 보던 중년남자가 주방으로 들어가 내온 고등어구이를 내 앞에 내려놓았다. 먹고 죽은 놈은 때깔도 좋다지 않던가. 순두 부찌개를 시켰어도 좋았다. 억지로 먹기에 고등어구이는 좋은 메 뉴가 아니다. 배고프면 앞이 노래져요. 배를 채우고 생각해보겠어 요. 더 먹고살자고 하는 짓인데. 아침을 굶었다는 여자의 밀에 식 당까지 따라오고 말았다. 아무리 생각해도 내 제안은, 먹고살자고 하는 짓과는 거리가 멀었다.

　오늘 아침엔 물 한 모금 마시지 못했다. 면도를 하고, 정장바지 를 꺼내 다려 입고, 수개월 동안 무용지물이었던 핸드폰을 오밤중 에나 들어올 아들의 눈에 띌 만한 곳에 내려놓고, 현관에 쭈그려 앉아 구두를 닦고…… 서두르지 않았으면 여자를 놓칠 뻔했다. 여 느 때와 달리 여자는 해도 뜨기 전에 집을 나섰다.

　스테인리스 그릇에 담겨 나온 뭉근한 밥 냄새에 끌려 뚝배기 가 득 부풀어오른 계란찜에 숟가락을 찔러넣었다. 김 오르는 밥이 얼 마 만인가. 빈속에 닿는 계란찜은 비리고 짜다.

*

—내 것도 드시오. 나는 입맛도, 밥맛도 없소……

고등어구이가 담긴 접시를 내게 밀어주는 노인에게 먹어야 힘
이 난다고 말하려다 그만둔다. 속주머니에 오만원권 뭉치가 들어
있어 불룩 튀어나온 노인의 왼쪽 가슴 부근을 보지 않으려고 연신
밥을 떠넣었다. 장흥 방갈로에서 매운탕을 먹기로 한 약속 때문에
아침을 굶고 나왔지만 노인을 식당으로 끌고 온 것은 배가 고파서
는 아니다.

오늘도 친정에 가기는 글렀다. 차라리 잘됐다. 엄마 기일에 돈
한 푼 내놓지 못해 올케 눈치 보는 것도 한두 번이지. 기력이 쇠해
가는 아버지를 보지 않는 것도 좋다. 살아생전 갈치 한 점이라도
발라 먹이는 게 효도다. 죽어서는 말짱 헛것여. 저승이 있다냐? 있
어도 저 꼴난 것을 먹으러 이 지긋지긋한 곳에 오고 싶겠냐? 아버
지는 활처럼 등허리를 구부리고 앉아 명절을 챙기지 않는 나를 타
박할 것이다. 시댁도 찾지 않은 지 오래다. 빈손으로 내려가는 게
힘든 건 시댁이나 친정이나 마찬가지다. 엄마 기일에 아버지에게
쥐어주는 오만 원은 집에서 돼지갈비라도 구워 실컷 뜯어먹고 싶
은 마음을 접은 대가다.

내가 오십도 되기 전에 혼자되어 자식 둘을 키우면서도 오빠에
게 손을 벌리지 않는 것을 올케언니는 다행스러워했다. 팔 한 짝
이 망가져 식당 일을 못하게 된 오 년 전에도 나는 도움을 청하지
않았다. 홀에서 받는 팁만으로도 넉넉하다며 허세를 부린 것에는

자존심이 한몫했다. 건실회사 소장이었던 남편이 오중 추돌사고를 일으키고 반송장이 되기 전에 나는 얼마나 오만방자한 시누이였던가? 능력 있는 남자에게 시집가 떵떵거리며 사는 유세를 하필 친정 식구에게 부릴 게 뭐였나.

밑바닥을 보이는 된장찌개 뚝배기에 숟가락을 밀어넣는 나를 노인이 빤히 바라보고 있다. 아직도 배 속은 허출하다. 노인이 남긴 밥이라도 가져다 먹고 싶다.

*

고등어는 아내가 좋아했다. 갯것을 식탁에 올리지 않고는 밥을 못 먹었던 아내는 아들 명의의 아파트에 살면서부터는 비린 것을 싫어하는 며느리의 눈치를 봤다. 걸쩍지근한 음식상이 없어지면서부터 아내는 말수가 줄었다. 아버지 몰래 집 판 돈 내놔라. 우리 두 늙은이 어디 가서 조용히 살란다. 눈감을 때까지 네 여편네 꼴만 안 봐도 호강이지. 아내는 아들 앞에서 자주 이십사층 아파트에서 뛰어내리겠다는 협박을 일삼았다.

고층에서 몸을 날린다면 수박덩이처럼 머리통이 박살나고 살점이 사방으로 튀어나가려나? 나는 좀 더 쉽고, 덜 두렵고, 약간만 흉할 방법을 고심했다.

부검 따위를 해본 것은 아니나 아내는 수면제 수십 알을 먹은 것은 아닌가 싶게 깊은 죽음을 맞았다. 다 주고 마지막 남은 집 한 채까지 빼앗겼어요. 아내가 잠들기 전 허망하게 되뇌던, 준 게 아니라 빼앗겼다니까요를 떠올리며 나는 아내가 스스로 목숨을 끊은 게 아닐까 의심했다.

칠순 생일선물로 간 여행에서 아내는 틈만 나면 아들 자랑을 해댔다. 인천 공항에서 처음 만난 열두 명이 빙 둘러앉아 기름기 많은 중국 음식을 먹은 호텔에서, 경치 좋은 산으로 올라가는 케이블카 속에서 아내의 말을 진지하게 듣는 사람은 없었다. 사업을 말아먹은 아들이 우리 내외가 살고 있는 아파트로 처자식을 끌고 들어온 이후 아내는 어린이집 교사인 며느리를 대신해 두 손주놈까지 떠맡았다. 아내와 며느리가 길바닥에서 머리를 잡고 싸우는 광경을 동네 사람들에게 보인 날부터 아들놈과의 냉전이 시작되었다. 한집에서 따로 밥을 끓여먹으며 지내다가 아들이 아내에게 사과한답시고 내놓은 게 해외여행이었다. 여행에서 아내는 밤마다 악몽을 호소했다. 길 가다 쉬는데, 땅이 쑥 꺼져 내리는 꿈을 연속해서 꾼다고 했다. 천상의 신들이 노닐었다는 절경 앞에서도 꿈타령이던 아내는 정작 사달이 났을 때는 아들을 고소하겠다는 나를 말렸다. 아파트를 돌려받자고 하나밖에 없는 아들을 전과자 만들면 누가 우리를 관에 넣어 묻어주겠냐고. 그러나 아들이 내 집을 팔아 처가 옆에 산 새 아파트에 들어가기 전날 밤 아내는 도살장에 끌려가는 짐승보다 처절한 몰골로 울었다. 며느리가 손주놈들을 친정어미에게 맡겨버려 아내는 이빨 빠진 호랑이 역할마저 포기했다. 왜 매일 오밤중에 오냐고, 대한민국 일은 혼자 다 하냐고 며느리에게 잔소리를 하지도 못했다.

*

식당을 나와 어쩌자는 계획도 없이 걷는 나를 놓칠세라 노인이 바싹 쫓아왔다. 공짜 커피 마실 수 있는 곳으로 가요. 빚쟁이처럼 달라붙으며 뭔가를 채근하는 듯한 노인에게 느긋이 말했지만, 걸음을 서두르다 내 바짓단을 밟을 뻔했다. 어디로 가나? 모래자루를 쑤셔넣은 듯 머릿속이 어지럽다.

*

양옆에 숲을 끼고 구불구불 이어진 산책로를 앞서가는 여자의 모습은 보였다가 사라지기를 반복했다. 목책 아래 까마득히 펼쳐진 도심의 건물들은 멀어서 아름답다. 분홍 리본을 매단 흰 강아지가 꼬리를 앙증맞게 흔들어대며 달려오다 물끄러미 나를 올려다본다. 잠시, 산책이라도 나온 듯 호젓해진다. 쾌청하고 맑은 햇살이 눈부시다. 이 가지 저 가지로 옮겨 다니는 청설모, 뭉쳤다 흩어지는 하얀 구름 아래의 새들은 햇살을 가르며 날갯짓이 부산하다.
　산책로가 끝나는 곳에서 여자는 서서히 보폭을 줄였다. 나를 기다리는가?
　차들이 드물게 지나가는 차도를 옆에 끼고 천천히 걸어가는 여자의 뒤를 나는 묵묵히 따랐다. 여자의 집으로 가는 방향은 아니다. 늦은 저녁, 어깨를 늘어뜨리고 귀가하는 여자의 뒤를 밟은 적이 있었다. 허름한 골목, 연립주택과 다세대주택이 밀집되어 있는 골목으로 들어가기 전, 좌판에서 대파 한 단을 사들고 긴긴 그림 자를 늘어뜨리며 가는 여자를.

*

불도저가 밀다가 만 건물 잔해가 흉물스럽게 버티고 있는 지대 너머에서 불어오는 산바람이 선선하다. 일주일 전까지만 해도 더 위에 숨이 막혔다. 노인이 잘 따라오고 있을까? 무슨 이유로든 노 인이 이대로 영영 내 앞에 나타나지 않는다면? 빈 모래주머니처 럼 가벼워지려나? 뭉텅 뭔가를 놓친 듯 허망해질 거야…… 어젯 밤의 꿈이라도 뒤져 황당한 이 상황의 단서를 잡아보고 싶다. 노 래방에 옥자가 나와 있을까?

임대 공고를 붙인 종이들이 펄럭거리는 상가 건물 지하에 노래 방을 차린 옥자는 호황의 탓을 점괘로 돌렸다. 물장사를 하면 말 년에 돈 만지고 살 거라던 점쟁이의 말이 맞았다고. 옥자가 노린 건 시간당 받는 방값이 아니다. 하룻저녁에 늙지도 젊지도 않은 남자들이 모여 앉은 방에서 맥주 몇 박스가 바닥을 보이는 것은 순식간이었다. 한 시간 두 시간 서비스를 주며 옥자가 파는 술값 안에는 내 속살도 있었다.

*

앞서가는 여자를 놓칠까봐 걸음을 서둘렀다. 숨이 찰 뿐 여자와의 거리가 좁혀지지는 않았다. 겨겨이 쌓인 계란박스를 실은 오토바이가 내 주위를 빙빙 돌고 다니며 부릉부릉 매캐한 연기와 소음을 뿜어냈다. 짐칸의 계란 박스에 가려 여자가 보이지 않았다. 오토바이가 가는 반대쪽으로 몸을 틀었다. 오토바이는 나를 애먹이려고 작정한 듯 나를 막으며 왼쪽에서 오른쪽으로, 오른쪽에서 왼쪽으로 곡예를 하듯 움직였다.

여자를 놓치지 않으려고 걸음을 재촉했다. 삼일 전처럼 어이없이 실패할 수는 없다. 근린공원까지 여자를 뒤따르는 내 앞에서 선수 친 놈이 있었다. 누구 허락을 받고 그렇게 예쁜 거요? 능글거리며 수작을 걸어온 놈을 따라가는 여자의 뒤를 밟을 수밖에 없었다. 놈과 여자가 한참을 걸어 주택가 허름한 여관으로 들어갈 때까지.

어서 여자를 붙잡고 담판을 지어야겠다. 해가 기운을 다 빼내기 전에.

*

송이 식당을 찾으며 청년이 내민 종이쪽지 속 약도는 빈약하고 엉성하다.

—모르겠어요. 이 동네에 안 살아서요.

나는 단호하게 고개를 젓는다.

—약도 보면 이 동네가 맞죠?

헬멧을 쓴 청년은 간절하고 조급해 보인다. 농장에서 풀어놓고

기른 닭이 낳은 유정란이라고, 일주일에 두 번씩 배달을 해주기로
계약을 했다고, 두 시간 전에 구파발에 있는 농장에서 전화통화를
하고 왔다고.

　―씨팔 송이인지 송희인지 왜 안 보여? 전화는 왜 안 받고 지랄
이야…… 씨팔 초등학교가 어디 있어?

　오르막을 오르는 내 주위를 맴돌며 험악하게 구는 청년이 성가
시다. 길을 잘못 든 게 아닐까? 재개발로 이주가 시작된 이 부근에
새로 개업한 식당이라니. 이 동네에 안 산다고 하는데도 청년이 자
꾸 내미는 약도를 보려고 걸음을 멈춘 사이에 노인은 나를 앞서
올라갔다.

　―초등학교 옆이 어디야? 전화는 왜 안 받아 씨팔. 빨래방은 여
긴데?

　초등학교라면 언덕배기가 시작되는 지점에 있다. 한참 아래다.
청년이 찾는 학교가 맞는지는 알 수 없어 나는 묵묵히 걸음을 뗐
다. 붕붕거리며 매캐한 매연과 소음을 내뿜는 오토바이가 아니어
도 나는 충분히 어지럽다.

　―약도를 왜 이따위로 그려줘. 씨팔 정말 못 해먹겠네……

　오토바이는 노인을 쫓는 나를 방해라도 하듯 주위를 빙빙 돌다
가 문 닫힌 세탁소가 있는 내리막길로 사라졌다. 낮은 산과 이어
진 오르막을 허위허위 오르는 노인은 옥자가 하는 노래방이 있는
건물을 지나고 있었다.

*

—사장님, 내가 재밌는 얘기 해드려?

내 옆에 바싹 붙어서 '사장님'을 흘려보내는 붉은 입술에게 나는 사장이 아니오, 하려다가 그만둔다. 문을 등지고 내 맞은편 소파에 앉은 여자는 붉은 입술이 내온 와인을 한 모금씩 아끼듯이 마시고 있다.

—발가락 여섯 개 가진 사내가 자기 와이프가 발가락 다섯 개 달린 아이를 낳으니까, 제 아들이 아니라고 밤새 마누라를 괴롭혔다네. 그래도 이 사내는 양반이야. 전쟁에 나갔다가 다리를 잃고 의지를 달고 온 사내가 임신한 아내의 배를 의심스런 눈초리로 바라보다가 신부에게 고해성사를 했대. 아내를 죽이고 싶다고. 그러니까 신부가 뭐랬는지 알아? 고민할 것 없어요. 태어난 아이가 의지를 달고 나오면 틀림없이 자네 자식 아니겠나.

플레어스커트를 양손으로 휘어잡고 펄럭거리다가 허벅지를 드러내는 붉은 입술의 요란한 웃음을 따라 여자가 풋, 웃는다.

며느리 앞에서 제 어미에게 폭력을 휘두르려고 손을 추켜올린 아들놈을 봤을 때, 정녕 내 피를 받은 놈일까 싶었다. 아내가 부정이라도 저질러 생긴 놈이기를, 정말로 나와는 상관이 없는 놈이기를 바랐다. 욱하는 성질을 못 누르는 게 영락없이 제 에미라고, 아들놈을 부정하고 싶었다. 아들이 못된 인간으로 변해간 것은 며느리 탓이라고, 하늘이 두 쪽이 나도 일관성 있는 탓을 해대는 아내가 차라리 부러웠다.

—사장님, 이 와인 사장님이 사는 거지? 좀 비싼데. 돈 많아 보이는 손님 아니면 안 내오는 술이야. 이거 육십 년 넘은 거야. 내 나이랑 동갑이네, 이 와인……

머리가 아플 정도로 붉은 입술의 웃음은 요란하다. 몸놀림에 밴 교태가 피곤하다. 나는 육포를 입에 넣으며 여자를 불만스럽게 바라본다. 내 천만 원을 진탕 쓰게 하려는가? 목숨을 끊겠다는 내 요구 따위는 안중에도 없이? 한 달 내내 탐색하며 사려 깊다고 여겼던 여자가 더없이 사악해 보인다. 내내 헛짓을 하고 다닌 느낌이다. 처음부터 붉은 입술 같은 타입을 골랐더라면 한 방에 내 요구를 들어줬을 것만 같다. 눈감은 후에 내 생에 마지막에 본 이가 누군들 무슨 소용인가? 성치 않은 이로 질긴 육포를 씹으며 후회를 곱씹는다.

여자의 표정은 침착하다. 함부로 건드릴 수 없는 도도한 빛이 육포를 입에 넣는 순간에도 무심히 흘러나온다. 무엇이 여자를 거리로 내몰았을까?

*

'봉 잡은 거야……'

맞은편 소파에 앉아 보내온 옥자의 메시지. '비 내리는 호남선'을 목이 터지게 부르고, 이놈저놈에게 허벅지 내밀어주고 받는 팁과는 댈 수도 없는 것을 눈앞에 두고 있는 내가 여느 때와는 달랐던가? 나도 알 수 없다. 어쩌자고 노인을 이곳으로 데려왔는지. 계단을 돌아 내려오는 지하, 이곳의 어둠이 간절히 필요했을까?

'오늘밤 열 시에 손님 있어 전화하려던 참…… 올겨?'

그깟 허벅지야 어떤 놈이 주물러도 겨울날 땅속에 처박혔다 나온 무토막 같은 것이다. 그러나 지금은, 안주로 나온 오징어포와 땅콩으로 배를 채우며 홀렁홀렁 보낼 수 있는 밤이 내게 오려나 싶다. 도우미를 찾는 손님이 있으면 오밤중이라도 달려왔던 눈먼 시간이……

'저 노인네 봉? 뽕?'

답을 미루는 사이 날아온 옥자의 문자를 보다가 벽에 붙은 소파 등받이에 붙은 듯 앉아 있는 노인과 시선이 마주쳤다. 머릿속이 부산하다. 지금 내게 간절히 필요한 것은, 반지하인 이곳으로 흘러들어오는 저 인색한 햇살 한 줌만큼이라도 좋을 휴식.

'담 학기 등록 가능하지?   알바로 돈 모을까? 시험 때려치우고'

또다시 온 딸의 문자에 가슴이 먹먹하다.

근래 들어 딸이 부쩍 툴툴거리는 이유를 모르겠다. 또 시집 타령을 하기 전에 야단을 쳐야 하나? 자식이 상전이고 원수다, 를 입에 올리고 사는 옥자에게라도 돈 부탁을 해볼까? 식구든, 친구든 돈 거래는 하지 않는 신조를 지닌 옥자에게? 옥자는 지금도 멀쩡한 가정이 있는 남자 서넛은 거느리고 있다. 급할 때 돈을 끌어올수 있는 물주라고 했다. 돈 앞에 부끄러운 짓이 무엇인지 옥자는 알지 못한다고 했다.

내가 불시에 옥자를 찾아온 이유를 알 것도 같다. 부정한 돈이라도 후려내지 않으면 살아갈 수 없는 인간들이 도덕이니 법이니 따지는 것을 보면 침이라도 뱉고 싶다는 옥자의 신조에 기대어 쉽게 결단을 내리고 싶었던 것인지도 모르겠다.

*

　—와인 사장님이 사는 거죠?

　—돈이라면 아직은 많소.

　붉은 입술이 따라주는 와인을 받으며 쏟아내는 내 말끝에 허허로운 웃음이 묻어나온다.

　유리잔에서 출렁이는 와인을 조심스럽게 입술에 댔다. 혀를 적시며 목 안으로 들어가는 붉은 빛의 향기가 서늘하다. 한 모금 또 한 모금 들이킨다.

　—아휴 우리 사장님, 알고 보니 술꾼이네,

　까르르 까르르 웃어대는 붉은 입술도 싫지 않다. 여자의 교태를 본 게 얼마 만인가?

　술맛은 쓰고 맵다. 술을 가까이하지 않고 살아온 인생이다. 술이 들어가면 얼굴이 벌게지고 불이라도 날 듯 속이 홧홧거렸다.

　술 없이도, 여자 없이도, 화투장을 놀리며 시간을 녹이지 않고도 잘 살아왔다. 아들놈에게 실망하기 전까지는. 아내는 내가 가져오는 중학교 수학 교사 월급을 굴려 목 좋은 곳의 상가를 분양받는 재주도 부렸다. 아들놈에게 미안한 건 단 한 가지였다. 피붙이를 만들어주지 못한 것. 그 외에는 남김없이 베풀었다. 아들이 마흔 중반의 나이에 결혼하겠다고 데려온 며느리가 영 눈에 차지 않았지만 새 아파트도 장만해주었다. 집만 남기고 다 털어서 차려준 대형 슈퍼의 수익금이 며느리의 친정집으로 들어간다고 아내는 핏대를 올렸지만 다 말아먹고 처자식까지 데리고 들어와서도 곱게만 살았다면, 처갓집에 황금연못을 만들어줬다고 해도 상관하지 않았을 것이다.

헛기침만으로 알리는 내 쪽의 기척이 끊긴 게 먼저였나, 아들놈이 먼저였나? 내가 없어지면 내 방에 상주하는 가정부를 들이고 두 손주놈을 집으로 데려오겠다는 며느리의 말을 듣고 말았다. 그 계획이 이루어지려면 두 손주놈이 초등학교에 들어가기 전에 내가 죽어줘야 하는 것 아닌가? 하필 내 방 앞에서 지껄인 말의 의미를 찾으려고 고심하지 않았다. 죽을 방법을 모색하며 여자를 뒤쫓는 동안 식욕이 돌았다. 늦은 밤에 돌아와 라면을 두 개나 끓여 먹은 적도 있었다. 아들놈에게 복수를 하고 싶었나? 그런 꿈틀거림이 있었던가? 그것이 다라면 목숨이야말로 초개같은 것이리라.

*

옥자가 나가면서 블라인드를 내린 방은 반지하 창으로 들어오던 인색한 햇빛마저 차단되어 어두웠다. 갑자기 찾아든 어둠에 덜컥 겁이 났다. 노인이 내 헐거운 호박꽃에 들어와 불온한 안식을 취하고 싶다고 말했다면 오늘 하루가 이리도 길었을까? 눈앞에 희미하게 보이는 유리잔을 기울여 남은 와인을 한입에 털어넣고,

소파 등받이에 붙은 듯이 앉아 있는 노인을 향해 입을 열었다.

　—어르신, 저도 어르신 나이의 아버지가 있지요.

　—세상에 아비 없는 인간이 있겠소?

＊

　축축 풀어지는 몸을 흔드는 여자의 말에 퍼뜩 정신이 든다. 취기인가? 어지럽다. 맞은편에 앉은 여자의 시선이 내 점퍼 속주머니에 닿는다. 여자의 시선과 공중에서 맞부딪치는 내 시선은 꿈결처럼 가물가물하다. 꾸벅 졸았던가? 아니, 앉은 채 잠 속으로 한없이 미끄러졌는지도 모르겠다.

　오늘 얼마나 많이 걸었나. 전 생애의 것을 몽땅 모아 해치운 느낌이다. 세 개의 구와 몇몇 개의 동을 거치며 걸어온 이곳은 어디인가?

　술도 도박도 여자도 가까이하지 않고 살아온 팔십 평생이 핏빛 술잔 앞에서 서럽게 요동치며 출렁인다.

　—지금이 좋겠소. 여한도…… 없소.

　여한이 없지는 않았다. 이대로 깊은 잠 속으로 떨어지고 싶은 열망에 따라온 욕구가 순간 나를 흔들었다. 목까지 치민 말은, 밖으로 나오지 못했다. 취기는 부추기고, 이성은 말리는 마음속 바람이 나를 무겁게 짓눌렀다. 나는 갑작스럽게 튀어나온 불온한 욕구를 굴리고 굴리며 아직 입속에 남아 있는 육포를 잘게잘게 씹었다.

　마지막으로 속살을 맛보는 것도 나쁘지는 않겠소…… 어차피…… 어차피 마지막이니…… 죽기 전에 그쪽과 가보고 싶소. 예전 기억을 더듬어…… 축축하고 비리고 아늑한 그곳으로…… 가능할지 모르겠지만……

길고 좁은 길을 따라 마지막으로…… 나는 단호한 결심으로 여자를 향해 입을 열었다.

—부탁이 있소……

그러나 떨림이 심한 그 말은 여자에게 닿지 못했다. 어디선가 귀청을 뚫을 듯이 요란한 차 경적 소리가 쉴 새 없이 들려왔다. 어디에 불이 났나? 경찰인가? 이곳에 왜 경찰이?……

*

노인을 피해 도망치듯 노래방을 나왔다. 경사진 언덕 아래 부서진 오토바이와 구형 자가용 파편들이 뒹굴었다. 미용실 간판을 걸어둔 채 보세옷을 팔고 있는 가게 앞에 구경꾼들이 몰려 있었다. 산 아래 빌라에 불이 나 출동한 소방차와 앰뷸런스와 경찰차가 울려대는 경적소리로 아수라장인 속을 뚫고 노인은 쫓듯이 내 곁으로 다가왔다.

—계란 한 판에 서른 개. 박스가 백 개는 넘었지 아마. 그러니까 모두, 아니지, 백 곱하기 삼십. 그래야 깨진 계란의 수가 나와…… 피를 보다니…… 샛노란 피를……

피투성이가 된 청년을 실어가는 앰뷸런스 뒤에서 노인은 술에 취한 듯 비틀거리며 횡설수설했다. 계란 흰자와 노른자가 핏물과 섞여 번들거리는 시멘트 바닥에 미끄러질 뻔하며 나는 노인에게 다가갔다.

— 온종일 기운 없는 늙은이를 끌고 다니며 기어이 피까지 보게 하는 이유가 뭐요? 이제는 깨진 계란조차 셀 수 없는 노인네를…… 내 청을 들어주는 게 그리 어렵소?

핏물과 깨진 계란이 번들거리는 길바닥에 무너지듯 주저앉는 노인을 바라보는 내 눈에 핏물 같은 원망이 차올랐다.

— 저는 셈법이 느려요. 내 몸을 어떻게 놀려야, 아니 몇 시간을 방치해야 호주머니 속에서 나온 꼬깃꼬깃한 오만 원을 부끄럽지 않게 챙길 수 있는지. 딸년 등록금을 마련하고 나면 또 무엇을 위해 이 거리에 나와야 하는지. 얼마나 더, 얼마나 더 해야 끝나는지 알 수 없다고요.

굵은 눈물이 쏟아졌다. 투둑 투두둑, 콧물까지 합세해 꼴이 아닌 얼굴로 노인을 노려보았다. 길거리 과일 장수와 트럭에 들어가 시간을 보내고 나오는 나를 공원에서 보지 않았다면 위험한 거래를 제의할 마음은 먹지 않았을 거라고, 노인이 고백하던 순간의 수치심이 떠올랐다.

길바닥에서 도장을 팔고 있다가 길을 묻는 내게 수작을 걸어온 이와도 여관으로 들어가는 것을 봤다고 말할까봐 얼마나 속을 졸였나. 나는 최선을 다해서 살고 있다고, 내 자식들 날 수 있을 때까지만 내 것을 팔 작정이니 괜찮다고, 그래서 내 고단한 걸음걸이엔 오렌지빛 햇살이 나부낀다고, 그러니까 오늘 하루 종일 나를 힘들게 한 것은 당신이라고, 진작 말하지 못한 스스로에게 화가 났다.

노인이 나를 억지로 붙잡았나? 강제로 내 앞을 막았던가? 노인이 뒤에서 오나 안 오나 살핀 것은 내가 아니던가? 심지어 내 안의 어둠에 대고 강력하게 불을 지필 응원군을 찾아 옥자에게까지 오지 않았던가?

*

하고많은 사람 중에 왜 하필 나였냐고 따지며 울부짖는 여자와 내 곁으로 몰려들던 구경꾼이 하나둘 사라져간 거리에서 해가 수긋이 기운을 빼고 있었다.

범벅된 계란 노른자와 흰자가 꾸덕꾸덕 말라가는, 차와 사람이 섞여 무질서하게 지나다니는 도로에 들어가 용케도 남은 성한 계란들을 골라내는 여자를 나는 멀거니 바라보았다. 차들이 지나갈 때마다 달걀이 톡톡 터졌다.

─풀어놓고 키운 닭이 낳은 유정란이라고 했잖아요, 그 청년이……

인도에 엉덩이를 걸치고, 차도에 두 발을 내려놓은 내 손에 여자가 쥐어주는 계란은 묵직하고 뜨겁다. 축축한 막을 찢고 금방이라도 병아리가 튀어나올 듯했다.

─어르신, 내일 다시 만나요.

내 옆에 앉으며 여자가 속삭이듯 말했다.

하루 늦는다고 큰일 나지는 않을 테니…… 여자의 입에서 흘러나온 말이었나? 아니면 내게서? 꾸벅 졸다가 들은 말의 실체는 정확하지 않았다. 이명처럼, 환청처럼 맴돌다 간 말을 되뇌며 나는 손바닥을 모아 유정란을 쏘옥 감쌌다.

취기를 핑계 삼아 이대로 한숨 늘어지게 자고 싶다. 매일, 망망대해 잔물결에 몸을 눕힌 듯 얇은 잠 속을 유영하다 새벽녘에 눈을 뜨면 송장처럼 움직이지 않고 어두운 천장만 바라보았다. 나무 타다 벌어진 원숭이의 벌건 똥구멍만 한 햇살이 찾아오는 방. 그곳에서는 잠도 졸음도 인색했다.

아직 여자가 내 옆에 있는 것일까? 굵은 물결을 치며 흘러가는 잠의 파동 속에서 눈을 뜨고 싶지 않았다. 회색 점퍼 속으로 파고드는 잔광이 아직은 따스하다.

발로

빨래터가 있는 냇가의 나무다리를 건너가는 며느리의 몸놀림은 학이 나는 듯이 빨랐다.

귀순은 벗겨지는 샌들을 양손에 나눠들었다. 부엌에 있던 며느리가 마당가의 나무들 사이를 돌아 밖으로 나가는 것을 용케도 발견하고 따라잡았다. 야자수길 사이를 질러 이웃 마을로 들어설 때까지 땀이 비 오듯 했다. 불과 한 시간도 되지 않았다, 며느리가 폭탄선언을 한 것은.

나 오늘 마마가 깜짝 놀라는 거 준비혀. 마마 놀라 눈 뒤집어. 뒤로 넘어가…… 한국말이 서툰 며느리지만 귀순은 듣고 있을수록 기막혔다. 기절할 만큼 놀랄 일이 무엇이냐고 캐물어도 며느리는 말을 해주지 않았다. 방송국 사람들은 친정집 부엌 바닥에서 한국 요리를 만드는 며느리를 촬영한다고 아침부터 부산을 떨었다. 귀순은 그들 앞을 얼쩡거리며 발을 동동거렸지만 답답한 속을 풀 길이 없었다. 카메라 앞에서 그동안 못한 말이라도 털어놓겠다는 건가? 남편이 병신이 되었다고, 아니 이미 전부터 병신이었다고…… 한국에 돌아가지 않겠다고 울고불고 난리를 치는 며느리를 상상하자 가슴이 쿵 내려앉았다.

하루만 지내면 집에 가는디, 이게 무신 날벼락여……

내일 아침 일찍 며느리와 친정 식구들이 작별하는 것을 찍고 귀국길에 오를 거라던 감독의 말이 떠올랐다. 귀순은 며느리가 들어간 골목 모퉁이에 고개만 내밀었다. 짚으로 지붕을 엮은 집들이 드문드문 박혀 있었다.

그놈과 도망질이라도 치겠다는 것이여? 어째 며칠 내동 맴이 껄쩍지근 허드랑게…… 귀순은 며느리가 치타공에서 돈을 벌어왔다는 옛 애인과 껴안고 울던 것을 떠올렸다. 이 나라에 처음 들어섰을 때의 멀미가 되살아나는 듯했다.

아주까리씨처럼 번들대는 사람들의 눈빛은 절로 몸을 움츠리게 했다. 웃통을 벗어젖힌 남자들과 울긋불긋한 천으로 온몸을 가린 여자들과 비루먹은 개들과 용케도 굴러가는 차들이 얽혀 난장인 다카 시내를 차창으로 바라보는 옆에서 며느리는 제 나라에 들어왔다고 벌써부터 눈물바람이었다. 귀순은 생수 한 병을 입도 떼지 않고 먹어치웠다. 뙤약볕에서 일하는 게 밴 몸에도 견디기 힘든 열기였다. 자욱한 먼지를 마시며 배를 타러 달려가는 그 길이 영원히 끝나지 않고 계속될 것 같았다. 생전 처음인 비행기를 타고 열일곱 시간을 날아와서 자동차로 두 시간을 달렸고, 배를 타고 파드마 강을 넘어온 곳에서 또 버스를 타고 다섯 시간을 달려왔다.

함석지붕 한쪽이 뻥 뚫린 사돈집에 들어서시자 입이 턱 벌어졌다. 일곱 식구가 살고 있는 방에 구질구질한 살림살이가 널려 있어 편히 엉덩이 붙일 구석이라곤 없었다. 궁상이 줄줄 흐르는 친정 식구들, 학비가 없어 대학을 다니다 만 동생들 이야기를 늘어놓으며 우는 며느리를 촬영하는 옆에서 귀순은 카메라를 피하느라 애를 썼다. 며느리의 친정이 못사는 게 모두 제 탓인 듯했다. 밤에도 베니어판처럼 얇은 잠 속을 뚫고 어수선한 꿈들이 들락거렸다. 방송국에서 경비를 대준다고, 저녁 밥상에 둘러앉아 수많은 눈들이 지켜보는 텔레비전 프로그램에 출연 신청을 한 며느리에 대한 불만은 좀처럼 가라앉지 않았다.

속창사를 갈라서 볕에 쫙허니 펼쳐두지 왜⋯⋯

한 시간도 안 되는 방송을 위해 카메라를 둘러맨 사람들이 집에 들락거리며 먹고 자는 깃까지 찍어가는 깃도 별스럽기민 했다. 무엇보다 반신불구가 된 아들만은 카메라에 담지 않기를 바랐지만, 귀순의 마음처럼 되지는 않았다. 아내의 어떤 점이 좋았냐는 감독의 질문에 현태는 어벙벙하게 웃으며 말했다. 엄니가 논 팔어서 색시 데려왔어. 색시 착혀. 엄니한테 색시 구박허지 말라고 혀⋯⋯ 아들의 입을 틀어막는 대신 귀순은 방송국 사람들을 향해 웃어 보이느라 입꼬리가 찢어질 뻔했다.

작은손주가 걷기도 전에, 엎어 놓은 함지박에 올라가 화장실 전등을 갈다가 넘어져 머리를 다친 아들을 병원으로 실어가던 날은 앞이 캄캄했다. 조금만 늦었어도 깨어나지 못할 뻔했다는 의사의 진단에 천지신명께 감사했지만, 슈퍼에 나와 잔심부름이라도 해주던 아들이 종일 방 침대에 누워 해주는 밥이나 먹는 신세가 되고는 매일이 소태를 씹는 듯했다.

그놈이 사는 집인갑네……?

골목을 돌아 흙담집으로 들어간 며느리는 금세 보이지 않았다. 귀순은 담벼락 너머로 집 안을 살폈다. 부채처럼 넓은 이파리들을 주룩주룩 달고 있는 나무 옆으로 보이는 게 부엌 같았다. 보나마나 부뚜막도 없이 땅바닥에 화덕을 놓은 며느리 친정의 부엌과 별반 다르지 않을 터였다. 며느리가 다짜고짜 그곳으로 뛰어 들어가지 않았다면 아픈 허리를 늘여가며 봐야 할 이유가 없었다.

동네 사람들이 몰려와 한국으로 시집간 지 팔 년 만에 고국을 찾은 며느리를 반기는 장면을 찍은 것은 나흘 전이었다. 그렇게 많은 사람들이 마당을 꽉 채울지는 감독도 예상하지 못한 듯했다. 한동네에서 자랐다는 친구들과 얼싸안고 좋아하던 며느리가 마당 한쪽에서 젊은 남자와 얼싸안고 울먹인 것은 사람들이 하나둘 빠져나간 후였다. 귀순은 당장 달려가 누구냐고 묻고 싶은 것을 참다가 저녁 늦게야 며느리를 불러세웠다.

옛날 남자 친구라고 말하면서 며느리는 눈물을 떨구었다. 며느리가 한국으로 시집가고 나서 남쪽의 항구에 일하러 들어갔다가 처음 나왔다고 했다. 집에 쌀 한 톨 없어 장가가도 아내를 먹여 살릴 수 없는 처지였다고, 배를 채우기 위해 배를 뜯어내는 치타공에서 남자 친구 청춘이 다 박살났겠다고, 그래도 오토바이를 사서 돌아와 기쁘다고 울먹이는 며느리를 보면서 귀순은 싸늘하게 내질렀다. 그려도 너는 나보다 낫다잉. 시집오기 전에 맴 주고받은 남정네도 있었등갑네……

며늘애가 친정 오는 줄 그놈이 진즉에 알았등갑네……?

귀순은 며느리에게 좀 더 꼬치꼬치 캐묻지 못한 것이 후회되었다. 며느리가 한국에서 온다는 소식을 듣고 나타난 것인지, 우연히 며느리의 방문 시점과 맞아떨어진 것인지만 알아도 덜 답답할 것 같았다. 속이 다글다글 끓었다. 쓴물이 넘어왔다. 아침에 빵 한 조각 먹은 게 다였다. 집 떠난 지금까지 음식다운 것을 먹어보지 못했다. 속이 느글거릴 때마다 신 김치에 돼지 목살 둠벙둠벙 썰어 넣고 끓인 찌개 생각이 절로 났다. 돼지고기를 먹으면 하늘이 두 쪽 난다는 나라에 와서 입맛도 주책이라고, 짐짓 놀라 주변을 살핀 게 여러 번이었다. 방송국 사람들이 며느리네 친정집 안마당에 산더미처럼 쌓아놓은 생수 생각이 났다.

물 챙길 정신이나 있었간디……

놀래줄 일을 벌이겠다고 선언했던 며느리가 집을 나가는 것을 본 순간 귀순은 번개처럼 며느리가 부렸던 술주정을 떠올렸다.

국제결혼을 한 여성들끼리 모여 연말에 있을 음식대회 행사를 논의한다고 댓바람부터 나간 며느리가 날이 저물어도 오지 않았다. 손주들 저녁을 해먹이며 수차 핸드폰을 해도 받지 않았다.

그날 내 억장 무너진 것 너도 알 것여. 시상에나…… 입에도 안 대던 술꺼정 먹고, 술 냄시 폴폴 풍기는 것도 기막힌디, 하필 건강원 장씨 놈 등에 업혀왔응게. 골목 담비락에 토허고 있는 너를 지가 못 봤으면 밤길에 차에 치일 뻔했담서 장씨 그눔이 혀를 차대는디, 그눔 등짝을 패주고 싶을 만치 내 가슴팍을 쳐댔어야. 그날 침대에 자빠져서 니가 혀댄 말 기억허냐? 방글라데시에 인간덜이 버글대는 건 젊고 건강한 몸뚱이를 준 신께 감사혀서 시도 때도 없이 남녀가 사랑을 나눠서라고 혔쟈? 니가 술을 못 이겨 헛소리를 혀댄 것이었으면 싶었당게. 술주정일 리가 있간디. 맴 급허면 방글라데시 말도 더듬는 니가 멀쩡허게 한국말을 혔는디. 술로 몸뚱이를 비틀거림서도 또박또박 한국말을 뱉어냈응게…… 발로 이불 차냄서 밤새 주절거리는디, 기가 차더랑게. 며느리년 단속 못 혔다간 험한 꼴 당허겄다 싶더만. 겁나서 나는 한숨도 못 잤어야. 그려서다. 딴 나라서 시집온 각시들 만나러 마실가는 너헌티 괭이처럼 독헌 눈 들이대며 늦게 댕기지 말라고 못 박은 게.

건강원 장씨가 어떤 눔이간디. 그눔헌티 숭 잽히면 읍내 끄트머리집 개새끼꺼정 다 나불거리고 댕길 거랑게……

담벼락 아래서 엉덩이를 까 내린 사이에 며느리가 흙담집에서 나와 골목을 빠져나갔다. 급히 몸뻬를 올려 입고 따라갔지만 이어지는 골목에 개새끼 한 마리 얼씬거리지 않았다. 몇 방울 나오지도 않은 오줌 땜시…… 시원찮은 오줌보가 항시 말썽이랑게…… 귀순은 사방을 빙 둘러보았다.

밤과 낮을 홀쩍홀쩍 흘려보내며 며느리의 친정까지 오는 동안 귀순은 여러 차례 오줌을 지렸다. 아침 비행기 시간에 맞추느라 부천 셋째딸네 집에서 하룻밤 자면서는 내내 화장실을 들락거리느라 사위 눈치를 봐야 했다.

비질비질 오줌이 새어 나오기 시작한 것은 오십도 되기 전이었다. 아들을 얻어보겠다고 마흔 넘어 몸을 푼 탓이라고, 귀순은 일찍 온 요실금을 수굿이 받아들였다. 요실금뿐인가. 늦게 얻은 아들 현태가 앗아간 것들은 열 가지도, 스무 가지도 넘었다.

아까 뒤꽁지라도 비쳤을 때 불렀어야 혔는디…… 뭔 지랄로 뒤만 밟었을까잉……

귀순은 눈을 끔벅거리며 연신 헛기침을 쏟아냈다. 어이없을 때면 절로 튀어나오는 버릇이었다. 며느리의 옛 애인이 오토바이를 사서 돌아왔다는 말을 듣고부터 줄곧 며느리 눈치를 봐온 게 억울하고 화가 났다. 논밭을 팔아 익산 읍내에 이층짜리 낡은 건물을 산 것부터가 아들 현태의 뒤를 봐주기 위해서였다. 일층에는 슈퍼를 차리고 이층은 살림집으로 개조하느라 귀순은 농사지어 모은 돈을 털었다. 백 원짜리 동전 하나 허투루 쓰지 않고 불린 돈이었다. 근방에 사는 넷째딸 내외가 나와서 일을 봐주고 월급은 사위 몫만 챙겨갔다. 생활비와 손주들 유치원 비용과 옷값까지 귀순의 주머니에서 나왔다.

왼종일 슈퍼에서 일허다 끼니때 들어가 밥 한 술 뜨고 나오는 나를 모신다고 헐 수나 있간디. 이날 이때꺼정 두 다리 쭉 뻗고 앉어 편허게 밥상 한 번 못 받어봤당게……

굳이 들추지 않을 뿐이지, 줄기 잡아당기면 우수수 딸려 나오는 감자처럼 며느리의 흠은 많고도 많았다. 시애비 젯상에 노릇노릇

허게 전 하나를 못 붙여내는 년이랑게…… 마음 같아서는 카메라에 대고 실컷 퍼붓고 싶을 지경이었다. 골백번 잔소리를 해도 어묵탕 하나 제대로 못 끓여내는 며느리와 씨름한 게 어언 팔 년이었다.

두 눈 시퍼렇게 뜨고 있는 서방 생각을 혀보라고 못 박었어야 혔당게…… 몸이 그 지경이라 처갓집도 못 따라오고, 집에서 아내도 아이들도 없이 쓸쓸하게 며칠을 보냈을 아들 생각이 절로 났다.

나 혼자 돌아가서 현태눔헌티 뭐라고 말허끄나?…… 하느님도 무심코 부처님도 무심타……

한국에 시집와 살아온 날들을 구구절절 써내서 친정이 있는 방글라데시를 방문하고 텔레비전에도 출연하게 된 며느리가 포기할 것 같지 않아서 마지못해 수락한 일이었다. 식구들이 다 가려면 억 소리 나는 경비를 굳히는 게 어딘가 싶기도 했지만 귀순은 아들 때문에 속이 쨌다. 반신불구가 되고부터는 동네를 벗어나본 적 없는 아들이, 결혼 선물로 펀자비를 받았던 것까지 기억하며 장모가 보고 싶다고 떼를 썼다.

내 자석이지만 물정 없이 착헌 놈여. 굴러다니는 천쪼가리 모아서 붙여놓은 것 같은 옷 한 벌 받은 게 그렇게 좋아헐 일여? 내가 결혼 선물로 며느리헌티 혀준 게 얼만디…… 등신은 등신여……

코코넛 껍질과 녹슨 자전거 바퀴가 굴러다니는 산등성이에 있던 마을 청년들이 귀순 주위로 우우 몰려들었다. 뭉개진 밤송이

같은 머리와 불량스러운 눈빛을 들이미는 그들에 대해서는 며느리에게 들었다. 일거리가 없어 동네를 어정거릴 수밖에 없다고. 밥숟가락 뜰 형편이라도 되는 집안에서나 먼먼 마을에서 신부를 데려온다고 감독에게 말하며, 며느리가 곤혹스럽게 웃었던가? 시집온 어린 신부는 이 동네에서도 죽을 둥 살 둥 일을 해야 입에 넣을 게 생긴다는 것을 알고 눈물을 흘린다고 했다. 감독이 "레카라니 씨는 비행기까지 탔으니, 아주 멀리 간 것이네요?" 했을 때 며느리는 엉성한 한국말로 대답했다. 먹을 것이 없으면 호랑이도 풀을 뜯어먹는다고.

열악한 노동 환경 때문에 외부인의 출입이 철저히 금지되어 있는 남쪽의 항구에서 기름때 범벅인 배를 해체하며 모은 돈으로 오토바이를 사왔다는 며느리의 옛 애인은 그들 속에 있을 성싶지 않았다. 적어도 그는 오토바이를 사왔다고 하지 않았나. 도시에 나가 사람을 실어 나르면 목구멍에 풀칠은 할 수 있는 오토바이를…… 며느리의 친정집 마당에서 봤던 그의 눈빛은 자신감으로 번득였다. 목숨을 걸고 일하면서 터득한 세상 법을 지니고 있는 듯했다.

"여그서 우리 며늘애 지나가는 것 못 봤소? 한국으로 시집갔다가 친정 와서 요새 텔레비전 나올려고 방송 찍고 있는디. 저짝 동네 사는디. 아니 저짝 동넨가……"

재미난 구경거리라도 찾은 듯 몰려와 커다란 눈동자를 굴리는 청년들 앞에서 귀순은 사방에 몸을 돌려가며 손가락으로 먼 곳들을 가리켰다. 며느리의 친정집이 있는 동네가 어느 방향인지 알 수가 없었다.

"오메 속 타서 미치겠네. 내 말 잘 들어보랑게. 그짝들이랑 같은
나라 사람여. 방글라데시. 길이 여그밖에 읎을 것 같은디. 바로 저
그 저 동네 골목서 나왔응게. 저그 저 지푸라기로 맹근 집들……"

청년들이 자신의 말을 알아들을 수 없다는 것을 알고 나서도 귀
순은 손짓발짓으로 며느리를 설명했다. 간밤의 부족한 잠 때문인
지 말들은 자주 갈라지고 더디게 흘러나왔다. 애가 탔다.

며느리의 옛 애인을 본 이후로 한시도 온전히 잘 수 없었다. 옆
에서 부스럭대는 소리만 들려도 며느리가 몰래 나가지 않나 귀를
기울였다. 밤중에 소변을 보러 나가는 며느리를 따라나갔다가 들
어오기도 했다. 가난해서 잃었던 여자를 찾아 오토바이에 싣고 세
상을 질주하는 젊은 남자가 머릿속에서 떠나지 않았다.

황소맨치로 검은 눈망울서 눈물을 쏟아내더랑게. 애인 내비리
고 현태놈헌티 시집온 것을 후회허는 드끼……

달개똥처럼 뜨거운 눈물을…… 톡톡……

자식새깽이 두고 그렇게 쉽간……?

미치면 자식새깽이가 눈에 뵈간디, 시퍼렇게 눈뜨고 있는 부모
인들 무섭다냐……

우리 영감도 눈에 뵈는 게 없었당게. 시어미가 눈앞에서 거품
물고 자빠져도 읍내 색싯집 발길을 못 끊었응게. 비곗살이 반인
돼지괴기로 끓인 국밥을 이천 원이나 받어 챙긴 포주 년헌티 날린

돈이 얼만디…… 그러고도 암시랑토 않은 낯짝으로 집에 기어들
어왔응게……

"남희야……"

공터 주변을 돌다가 절로 '남희'가 터져나왔다. 며느리가 제 이
름을 말할 때마다 끝의 라미, 만 들렸기 때문에 라미 라미, 하다가
남희, 로 불렀다. 읍내 색싯집에서 몸을 팔다가 남편을 따라들어
와 이 년을 살다 나간 첩년이 낳은 딸 이름이 남희였다. 남의 딸이
라는 의미로 귀순이 지어준 이름이었다.

"동주 에미야, 동민 에미야……"

흙바람에 메아리처럼 귀순의 목소리가 흩날렸다.

사방에서 햇살이 따갑게 내리쬐었다.

산마루 아래로 논밭이 넓게 펼쳐져 있었다. 쩍쩍 갈라진 논바닥
으로 햇볕이 내리쬐었다. 논둑길 멀리로 물동이를 이고 호리호리
하게 걸어가는 아낙의 뒷모습이 보였다. 논둑길 멀리에 다른 마을
이 있는 듯했다. 며느리가 그곳으로 갔다는 확신은 없었다.

눈물 콧물 찍어댐서 뜨겁게 살 부비게 헐 수는 없당게. 어디 간
들 입에 풀칠 못 허고 살겄냐고 년놈이 도망이라도 치면 내가 무
신 낯짝으로 현태놈을 본다냐…… 일 터지기 전에 막아야 쓴당
게…… 이도저도 안 되면 감독이란 양반 붙들고 늘어질판여. 며느
리년 찾아내라고 생떼라도 써야겄당게……

둥그렇게 나온 배만큼이나 사람 좋은 웃음을 달고 다니던 감독

을 떠올리자 마음이 조금 놓였다. 다문화 가족을 소개하며 몇 년째 방송되고 있는 인기 프로그램 아닌가. 본국에 신부를 두고 돌아왔다는 방송은 본 적이 없다. 매회마다 신부가 방송국 스튜디오에 앉아, 게스트로 출연한 다른 외국 신부들과도 친정 나들이의 감회를 나누는 것으로 끝맺지 않았던가. 귀순은 샌들을 벗어들고 불끈 이를 물었다. 자잘한 잡석이 뒹굴어 다니는 흙바닥이 무섭지 않을 만큼은 굳은살이 단단했다. 그러나 사방이 쩍쩍 갈라진 논과 벌판인 곳에서 어디로 가야 할지 알 수 없었다. 더운 바람이 내려앉아 목덜미가 묵직했다.

"현태 아부지, 나 질 잃었당게요……"

설령 누군가 만난다 해도 무슨 재주로 며느리 친정집을 찾아달라고 말할 것인가. 귀순은 금방이라도 눈물이 쏟아져 내릴 것 같았다.

생때겉은 아들 놈 나헌티만 떠맽기고 저승에서 살만 허둥갑네요?…… 나헌티 복수라도 허듯 그럴 수 있당가요? 나는 젯상 차려 줄 아들놈 얻었다고 맴 푹 놓고 낮잠 자는 줄 알었당게요…… 첩년 못 잊어 쟁기 잡을 힘꺼정 놔버린 것을 나중에사 알었네요……

현태가 아장아장 걸을 때 논고랑에서 죽은 남편 생각을 하면 지금도 몸서리가 쳐졌다. 남편 옆에 쟁기가 얌전히 받쳐 있었고, 일소가 태연히 하품을 하고 있었다. 막걸리가 든 양은주전자와 김치한 보시기를 들고 새참을 내갈 때까지 남편은 봄 아지랑이가 이는 논 한가운데에 잠을 자듯 누워 있었다. 읍내의 늙은 의사는 심장마비라고 했지만 귀순은 인정할 수 없는 사인이었다.

내가 어떻게 안당가요. 아들 낳아 겁날 게 없었는디. 늙어가는 마당에 내 막둥이 동상보다 어렸던 첩년, 못 끼고 살 것도 읎었당게요. 지금 와서 생각혀보면요. 살길 맹글어 떠날 때꺼정 끼고 있을 수도 있었당게요. 당신이 그리 허망허게 눈감어버릴 줄 알었더라면요. 뼈 빠지게 일해 땅 늘구는 재미를 기집년 속살 혜집는 맛에서라도 찾어야, 거머리에 뜯기며 볍씨 뿌려 거두는 수고를 견딜 만혔던 것인디.

허허벌판으로 이어지는 넓은 공터가 눈앞에 펼쳐졌다. 귀순은 부러진 나뭇가지와 깨진 벽돌과 돌멩이에 걸려 넘어질 뻔한 순간을 넘겼다. 강한 햇살에 숨이 턱턱 막혔다.

저승에서라도 혹여 내려다보인당가요? 며늘애요. 나는 겁나게 무섭더랑게요. 우리 현태 쬐께 이상헌 것 앎서도 시침 뚝 따고 타국에 시집오기로 결심허던 순간의 우리 며늘애 눈을 보는디 가슴댕이가 철커덕 내려앉더랑게요. 저 어린 것이 몸뚱이 하나 믿고 어린 지 동상들 입에서 거미줄 거둬낼 생각을 허는구나 싶은 게요. 대견헌 게 아니라 소름이 머리부텀 발끝꺼정 솟더랑게요. 볕 좋은 마당에서 며늘애 첨 보던 날요. 그 애가 내가 던진 저울에 우리 현태를 올려놓고 있더랑게요. 며느리에게 호락호락 당허지 않겄다구 결심혔지요. 첩년 생각이 나더랑게요.

귀순은 우수수 일어나는 노기를 잠재우느라 걸음을 멈췄다. 그까짓 반지 쪼가리 백 번 천 번 덮을 수 있당게. 천만 번도 덮을 수 있구 말구……

며느리의 친정집에 온 첫날부터 안사돈의 오른손 중지에 있는 금반지에서 눈을 뗄 수 없었다. 말이 통하지 않는 것을 그것으로나마 메워 보겠다는 듯 안사돈은 마주칠 때마다 웃음을 보냈지만 귀순의 눈은 금반지를 향해 미끄러지듯 내려갔다. 음각된 새가 봉황인지 꿩인지는 보이지 않았다.

칠순 잔치에 딸들이 선물해준 금반지가 없어진 것을 안 것은 작년 봄 여동생 칠순 잔칫날이었다. 도톰하고 샛노란, 봉황이 새겨진 금반지를 떠올릴 때마다 귀순은 입가에 웃음이 고였다. 장롱속을 탈탈 털어 보고 옷들 주머니 속을 다 뒤져도 나오지 않았다. 이불까지 털어봤지만 허사였다. 헛수고인지 알면서도 부엌 찬장속 그릇들까지 꺼내보았다. 몸 안의 장기들이 내려앉은 듯 힘이 빠져나갔다. 금반지도 아끼고 모셔두면 똥이 된다고 큰딸이 놀리던 게 생각났다.

없어진 금반지와 비슷한 게 왜 안사돈 손에 있는가? 안사돈의 반지에 새겨진 게 꿩인지 봉황인지만 알았어도 당장에 달려가 빼볼 수 있었다. 귀순은, 이번 친정 방문길에 선물로 들고 온 전기밥솥을 친척들에게 자랑하느라 여념이 없는 며느리만 흘겨보았다. 그동안 며느리가 한국에서 일하는 사촌오빠를 통해 친정집에 많은 것들을 보냈으리라는 의심을 거둘 수 없었다.

벌겋게 달군 인두로 문지르는 듯 머리통이 따가웠다. 반팔 면티셔츠가 땀으로 무거웠다. 귀순은 질질 다리를 끌며 걷다가 공터 덤불 옆에서 쓰윽 튀어나온 것에 놀라 비명을 질렀다.

"간댕이 떨어지겠네. 썩을 것······"

두 개의 뿔이 맞닿을 듯이 둥글게 뻗어 있는 흰 물소였다.

저놈은 길을 알고 가는갑네……

꼬리를 휘둘러 제 엉덩이를 이쪽저쪽 쳐대며 유유히 걸어가는 물소를 바라보며 귀순은 우두커니 서 있었다.

어느 놈의 짐승 속이 이리도 복잡허다냐……

귀순은 흰 물소 뒤를 따라 다리를 질질 끌며 들어왔던 골목을 아득히 바라보았다. 속을 알 수 없는 구불구불한 골목이 검은 아가리를 벌리고 자신을 끌고 들어온 것만 같았다.

다리가 아파 더는 걸을 수 없었다. 뼈들이 그동안 마구 부린 죄를 물어 흐늘흐늘 녹아내릴 것 같았다. 그동안 몸을 얼마나 부려왔던가. 한 마지기씩 땅을 넓혀가는 재미는 얼마나 오졌던가. 그것은 독 같은 것이었다고, 달고 뜨거운 것이었다고 귀순은 생각했다.

딸만 내리 넷을 낳은 남편은 농사일로 번 돈을 읍내의 색싯집에 처박으며 겨울 내내 지내는 것으로도 모자라 나이 어린 술집 여자를 집에 끌어들였다. 헛간을 개조해 따로 살림방까지 차리자마자 첩년의 기세가 등등했다. 남편에게 곧 안채에 들일 거라는 약속을 받았다고, 언제 집을 나갈 거냐고 싸움을 걸어왔다. 첩년이 소리소문 없이 나가주기만 바랐다. 낮에는 논에 나가 함께 일하는 본처를 두고 밤마다 첩년과 뒹굴며 욕정을 뿜어내던 남편을 체념하는 것은 쉽지 않았다.

'아들을 낳으면 끝나는 일 아닌가.' 귀순은 누군가 부르짖는 소리를 들었다. 환청이었던가? 몇몇 날들의 바람이 절로 소리를 만

들어 머릿속에 똬리를 틀고 있다가 튀어나왔는지도 몰랐다. 귀순의 배가 불러오기 시작했을 때, 첩년은 남편의 몸 곳곳에 시퍼렇게 멍 자국을 내놓고도 분을 풀지 못했다. 곧 첩년의 배도 불러왔다. 아들을 낳아야 끝나는 게임이었다. 배 속에서 자라고 있는 게 아들이라고, 아들이어야 한다고 귀순은 이를 앙다물었다. 혹여 배 속의 것이 잘못될까봐 아궁이 앞에 쭈그려 앉아 밥을 하지도 않았고, 새참을 이고 논에 나가지도 않았다. 끝물에 기를 쓰고 얻은 아이가 딸이라면 비방이라도 써서 아들로 바꾸고 싶었다.

갓난쟁이 아들을 키우는 나날은 꿀 속에 코를 처박은 듯 달콤했다. 안방에 사들인 자개 반닫이함에 아들의 옷가지를 가득가득 채웠다. 돼지 판 돈을 받은 날, 남편의 옆구리를 찔러 서슴없이 비싼 그림 동화 전집도 사들였다. 뿌듯해서 자다가도 입에 웃음이 고였다.

첩년을 쫓아내고 부엌의 낡은 찬장을 버리고 새 장식장을 들였다. 동네 우물가에서 물동이를 이고 오는 대신 마당 한쪽에 지하수를 퍼 올리는 펌프를 설치하고, 초가지붕을 허물고 기와를 올렸다. 벽돌담을 쌓느라 허리가 휘는 줄도 몰랐다.

잘 익은 호박 덩어리 같은 엉덩이를 암팡지게 실룩대는 젊은 첩년에게 맞서 사력을 다한 아들이었다, 현태는.

귀하게 얻은 아들이라고, 현태를 떠받드는 일에 집안 식구들 모두 한통속이 되었다. 그러나 어릴 때 말이 느린 것을 시작으로 성적이 나빠 농업고등학교를 겨우 졸업한 현태를 볼 때마다 귀순은 첩년을 모지락스럽게 쫓아낸 일을 떠올렸다. 모두가 잠든 밤에 알몸뚱이로 내쫓고 대문을 잠가버렸던 일을. 군대를 제대하고 돌아온 현태가 헛소리를 지껄이고 악몽에 시달리는 것을 속셜없이 지켜볼 때도, 옷은 입고 나가게 해달라고 울부짖던 첩년 생각이 났다.

한눈에도 어딘지 모자란 듯 보이는 현태를 시동생이 운영하는 식품공장에 취직시켰지만 몇 달도 적응을 못했다. 군대에서 머리를 맞아 살짝 돌았다는 소문이 퍼지면서 서른이 되어가도록 시집오겠다는 상대가 나타나지 않았다.

십 리나 떨어진 이웃 마을에 소아마비 처녀가 있는데 어떻겠냐고 시동생이 귀순의 의중을 물어왔다. 사지육신 멀쩡하니, 논밭 데리고 다니면서 일 시키다가 좋은 처자 나오면 장가보내겠다고 거절하면서도 귀순은 짠 속을 감추지 못했다.

먼먼 나라의 색싯감을 소개한 것도 시동생이었다. 친구가 운영하는 서울의 방직공장에 야물딱진 방글라데시 처녀가 있다고 했다. 어렵게 지은 농사마저 태풍과 홍수가 거둬가 늘 먹을 것이 부족한 농사꾼의 딸이라고 했다.

세계에서 가장 가난한 나라. 그러나 국민 대다수가 행복한 웃음 속에서 사는 나라…… 시동생의 찬사 속에서 듣는 방글라데시는 어쩌다 가는 읍내의 교회에서 들어 본 천국보다 더 아름다운 곳 같았다. 뭔가를 더 묻고 자시고 할 것도 없었다. 열아홉 살 먹은 이국의 처녀가 두 다리와 두 팔을 활기차게 휘저을 수 있다는 것에 만족했다. 오른쪽 다리로 원을 한 바퀴 그리고서야 한 걸음을 내딛는다는 이웃 마을 처녀가 꿈에서까지 귀순을 괴롭히던 즈음이었다.

깜박 잠이 들었던가? 담벼락에 기대어 축 늘어져 있다가 귀순은 눈을 떴다. 첩년이 살다 나간 헛간방을 돼지 축사로 개조하고, 푸른 벼들이 넘실거리는 논밭을 바라보며 살았던 날들이 세월 저편에서 가물거렸다. 낟알 하나라도 더 거두려고 악착을 부리며 흘려보낸 나날들…… 두엄자리처럼 후덥했던 그 많은 나날들……

흙집들 너머의 아지랑이를 귀순은 꿈결인 듯 아득하게 바라보았다. 이곳이 어디인가? 저 너머 어디에 칠십 평생 살아온 땅이 붙어 있나? 흙담 벽에서 서늘한 기운이 등을 타고 내려왔다. 목덜미에서 양 가슴 사이로 식은땀이 흘러내렸다

이곳은 세상 어디쯤인가?

시래기처럼 처진 몸으로 골목을 나오다가 귀순은 폭삭 퍼져내렸다. 긴 논둑길을 가로지른 벌판을 지나간 오토바이에 두 사람이 타고 있었다. 앞에 남자가 앉았는지 여자가 앉았는지, 아니면 둘 다 남자였는지, 둘 다 여자였는지 볼 수 없을 만큼 재빨랐다. 헛것을 봤나 싶게 눈앞에서 휙 사라진 오토바이를 보겠다고 뜀박질을 하기에는 모든 게 불가능했다.

어서 이놈들이라도 찾아서 눈앞에 드밀어야 쓰겄당게……

내내 잊고 있었던 손주들을 떠올렸다. 외가에 온다고 들떠 있던 녀석들은 낯선 나라 또래들과도 잘 어울렸다. 냇가에도 가고, 방죽에서 헤엄도 치면서 방송국 사람들에게 자신들을 찍어달라고 성화를 부렸다. 코코넛 하나로 아웅다웅하다가도 동네 아이들과 싸움이 붙으면 어김없이 한편이 되는 게 귀순은 한없이 믿음직스

러웠다.

한 놈도 아니고 두 놈이나 되는 게 참말로 다행이랑게…… 그것들 끌어다 턱 앵기면 지가 별수 있간디…… 별수 없당게. 지나 나나…… 새깽이덜 떨구고 사는디……

귀순은 불끈 몸을 일으켰다. 퍼질렀던 엉덩이가 쳐들리면서 투둑, 무릎 뼈 꺾이는 소리가 났다.

그려. 그날 너도 생두꺼비 겉은 두 아들놈들 눈에 밟혀서 들어왔을 거여…… 왜 아니겠냐……

둘째 손주가 아장아장 걷던 무렵이었다. 현태와 싸우다 안 살겠다고 퍼붓고 나간 며느리가 밤새 들어오지 않았다. 며느리의 핸드폰은 불통이었다. 다음 날 해가 져서야 돌아온 며느리는 입을 꾹 다물고 앉아 있었다. 정말 집을 나가려고 했느냐고 다그치다가 귀순은 슬그머니 입을 다물었다. 도망가고 싶었다고 말할끼봐 두려웠다. 잠든 아이의 얼굴을 검고 투박한 손으로 쓰다듬는 며느리를 보고 있다가 딱 한마디를 내질렀다. 한 번만 더 이런 일 벌어지면 자석놈들 못 볼 줄 알어라잉…… 엄포를 놓고 방을 나오면서도 후련하지는 않았다.

현태 아부지, 집 나갔다가 맴 고쳐묵고 온 며늘애가 나는 밉지도 고맙지도 않더랑게요. 들오지 않기를 바람서도 기달려지고, 해 질녘에 암시랑토 않은 얼굴 맹글어서 들어서는 그것 봄서 미련퉁이라고 등짝 떼밀어 다시 내보내고 싶더랑게요. 이슬처럼 짧고 허망헌 게 싱싱한 몸뚱인디. 인생에 스물셋이 두 번 있는 것도 아니고. 나도 사람잉게요. 두 눈을 다 감을 수야 있간디요? 한쪽이라도

감어서, 안사돈 금반지에 새겨진 게 봉황인지 꿩인지 훤허게 못
보는 게 다행 아니당가요? 흑염소도 백일 안 된 팔팔헌 게 약이
되는디, 안 잽히려고 기를 쓰고 도망허면 슬그머니 놔주고 싶은
맴이 든다더랑게요. 그게 본성이 선한 사람 맴이라나……

무릎 까진 흑염소는 몸에 독이 될 수도 있다고 말한 것은 슈퍼
건너편에서 건강원을 하는 홀아비 장씨였다.

"숭악헌 놈, 지 놈이 뭐간디 남의 며늘애 인생을 놓고 왈가불가
허낟 말여……"

귀순은 길을 가다 멈춰 서서 파르르 떨었다.

늘 며느리를 칭찬해대는 장씨가 밉고 거북살스러웠다. 약으로
고아서 팔 어린 흑염소를 잡을 때의 고충을 늘어놓는 것도 처음
에는 무심히 들었다. 날쌔고 건강한 것들은 안 잡히려고 번개같이
달아난다는 얘기 끝에 그가 며느리를 들먹이기 전까지는. 젊은 여
자가 그 상황에서도 밝고 씩씩하게 살아가는 것을 보면 대견하다
고, 매번 '안쓰럽다' 대신 '대견하다'로 마무리하는 그를 언젠가는
혼내주겠다고 귀순은 별렀다. 길에서 그가 며느리의 가슴과 엉덩
이를 눈을 빛내며 흘끔거리는 것을 한두 번 본 게 아니었다.

오죽혔으면 오밤중에 작은놈 들쳐 업고 그놈 집에 쳐들어갔겄
어……

며느리가 현태와 싸우고 나가 들어오지 않은 날, 귀순은 신발을
거꾸로 신고 달려 나가 건강원 유리문을 부술 듯이 두드렸다. 그
가 자다 일어난 듯 눈을 비비고 나왔다. 귀순은 다짜고짜 그를 밀
어젖히고 건강원 안에 딸린 방문을 열어젖혔다. 며느리가 없는 것

을 확인하고 무색하게 돌아나오는 귀순 뒤에서 그는 또 염장을 질렀다. 고놈 참, 영락없이 엄마를 빼닮았네. 눈이 부리부리한 게 보통 활달하고 건강해 뵈는 게 아냐……

육실헐 눔. 그러니 나이 오십에 아직꺼정 홀애비지. 내 앞에서 낯짝 두껍게시리……

아침나절에 뛰어서 건넌 익숙한 나무다리가 보일 때까지 귀순은 가슴을 짓누르는 눅눅한 통증에서 벗어나오지 못했다.

찰진 괴기 맛을 보았다고 기어코 달려가 선명한 피를 뿜게 만든 사악헌 노인네 보듯 허드랑게, 나를……

널빤지를 이어붙인 냇가 다리를 넘기도 전에 해가 기울었다. 귀순은 이제 눈을 감고도 며느리 친정집을 찾을 수 있었다. 논둑이 보이는 산등성이를 중심으로 세 개의 마을이 둘러져 있다는 것을 안 것은 산을 내려와 한 동네를 몇 바퀴나 돌고 난 후였다. 산마루 공터에서 곧바로 질러왔어도 쉽게 며느리 친정 마을에 닿을 수 있었다. 며느리가 들어간 야자수길이 샛길로 빠지는 지름길이었다는 것만 알았어도 골목을 뱅뱅 돌고 다니지는 않았을 터였다. 생각할수록 복장이 터졌다.

멀리 며느리 친정집이 보였다. 붉은 함석지붕이 남은 해에 보일 듯 말 듯했다.

애인이랑 도망가 산다고 세상 뒤집히겠냐? 뜨거운 몸땡이도 다 한때인 것인디…… 오뉴월에 팔딱대던 깨구리도 구시월 바람 불기 전부텀 파고들 구멍 찾는 뱁인디……

귀순은 길 가다 우뚝 멈춰 서서 사정없이 가슴을 쳐댔다. 통 크게 마음을 써보려고 해도 노기가 치밀었다. 그 옛날 첩년에게 했던 것처럼 며느리에게 모지락스럽게 굴어야 한다고 이를 물었다. 툭툭, 진달래 잔가지 꺾이는 소리가 들려왔다.

채반에 새참을 싸들고 논에 온 첩년을 이끌고 남편은 허겁지겁 산속으로 들어갔다. 흙먼지가 푸슬푸슬 날리는 둥구나무 봄볕 아래서 욕정을 채운 남편이 산을 내려오는 뒤에서 첩년은 막 피기 시작한 진달래꽃 가지를 한 아름 꺾어들고 내려왔다. 진달래꽃은 헛간방 항아리 속에서 소리 없이 피어나 화사하게 빛났다. 스물을 갓 넘긴 나이에 농사꾼들의 주머니를 노리는 술상에 앉아 웃음을 파는 것으로 세상을 본 첩년은 속절없이 가는 봄을 야멸차게 붙드는 농간에 주저함이 없었다. 생가지를 비틀 수 있는 사나운 욕심이 차고 넘쳤다.

나도 안다잉. 밥 푸다가, 빨래 널다가, 다 집어던지고 뛰쳐나가고픈 맴이 한두 번 솟구쳤겄냐……

가마솥 가득 껍질 벗긴 옥수수를 얹고, 슈거 탄 물을 골고루 뿌리다가 사발을 던져버리고 귀순은 집을 뛰쳐나왔다. 이 집구석 떠난다고 어디 가서 밥 한 숟가락 못 얻어먹으랴 싶었다. 자신이 지어 주는 밥을 먹으면서도 첩년을 내쫓지 않는 시어머니의 신발을 토방에서 문간까지 차내고 나오면서 뒤 한 번 돌아보지 않았다. 읍내 이모 집에서 따끈한 콩나물국이 올라온 저녁 밥상을 받자 와락 눈물이 쏟아졌다. 이모가 하는 시장 어물전에서 일을 돕다가 돈을 모으면 가게를 얻어 작은 분식집이라도 차리기로. 이모와 상의한 지 한 시간도 지나지 않아서였다. 곧 먹게 될 옥수수로 얼굴이 발그레해지던 어린 넷째딸 생각으로 눈물이 멈추지 않았다.

싸질러놓은 딸년들 땜시 그 집구석에 다시 들어갔당게. 내 입하나 건사 못 헐까봐서라면 되밟을 수 없었고 말구. 안채 아궁이 지필 장작 가지러 감서도 두 짐승이 헐떡대는 소리로 숨구녕이 막혔는디. 헛간방 농밀한 꽃내를 당헐 재간이 없지야. 그 화력이 을매나 무서운 것이냐. 그려도 당당허지는 않더랑게. 동네 도둑괭이 헌티도 들키지 않게 밤중에 살살 기어들어갔어야. 옷 보퉁이까지 챙겨 나오지 않은 게 참말로 다행 아니었냐……

남희 년 시집보낼 때 장롱 한 짝이라도 번듯헌 것 혀줬어야 혔는디…… 지 아부지 살어 있었으면 없는 놈헌티 간다고, 혼수마저 그 구색에 맞추지는 않혔을 것인디……

독헌 년. 지 속에서 빼낸 딸내미 한번 봐야겄다고 왔을 법도 헌디…… 데려가 키우라고 헐까봐서?…… 허기사 다 떨치고 어디든 시집가 두 눈 딱 감고 사는 게 신간은 편헐 거여……

짚으로 지붕을 이은 집들 너머로 해가 사위어가고 있었다.

현태 아부지, 내가 어떻게 일군 것들인디요. 장딴지 알 박여 감서, 발에 거북이 등짝 겉은 군은살 맨듬서 지금껏 키운 것들이 우리 현태 놈 아니면 무신 소용이 있당가요. 며느리년 내가 꼭 찾어서 집에 데려갈 거랑게요……

"발모가지라도 뚝 분질러서요."

어스름이 내린 마당으로 다리를 질질 끌며 들어오는 귀순을 감독이 뛰어나오며 맞았다.

마당가 나무 밑까지 깐 돗자리에 사람 머리통이 해바라기씨처럼 쏙쏙 박혀 있었다. 귀순이 어리둥절해할 틈도 없이 그들이 일제히 일어나 박수를 쳐댔다.

원 이런 미친놈이 있나. 지금 이 판국에 내게…… 귀순은 혹여 잘못 들었나 싶었지만 분명 감독이 며느리집에 온 소감을 묻고 있었다. 방글라데시에 한국 음식을 소개하는 장면을 찍자며 평상에 앉으라고 권하는 감독을 상대할 기운도 없었다.

며늘애가 없어진 마당에 카메라에 대고 웃으라고? 오래 살다 봉케 밸일을 다 겪는당게…… 이렇게 억장 무너지는 경우도 있나…… 내가 왜 또 첩년 생각을…… 이 와중에…… 그동안 현태 놈 잘못돼가는 것 봄서 수만 번도 더 내 맴을 할퀴었는디……

캄캄한 밤에 알몸뚱이로 끌려 대문 밖에 내동댕이쳐졌을 때 지금 나만큼이나 막막했겠다고, 귀순은 방 쪽으로 비칠비칠 걸으며 생각했다. 넝마 같은 방이나마 들어가서 한숨 자고 싶었다. 폭 엎어지면 금방이라도 잠이 쏟아질 것 같았다.

잠이 콱 들어 영영 눈을 못 뜨면 좋겠당게……

"김귀순 여사님……"

감독이 다가오는 것도 아랑곳 않고 귀순은 토방에 올라서서 몸을 구부렸다. 신발을 벗으려고 보니, 샌들 두 짝이 어디로 달아났는지 맨발이었다. 생각해보니 감독이란 사람도 안돼 보였다. 익산 읍내에서도, 방글라데시에서도 땀을 뻘뻘 흘리며 촬영한 것들이

물거품이 되지 않았나. 방송 촬영 중에 고국 친정에서 신부가 사라졌다는 사실은 그에게도 보통 일이 아닐 것 같았다.

"젊은 양반도 안됐소만······"

귀순은 일단 한숨 자고 나와 이 사태를 논의해보자는 말을 하려고 입을 달싹였지만 소리가 밖으로 나왔는지조차 알 수 없었다. 귓속에서 벌들이 떼 지어 나는 듯이 웅웅거렸다. 그렇더라도 감독이 한사코 안사돈이 앉아 있는 평상으로 귀순을 이끌어가려고 애쓰지 않았다면 그 자리에 허물어지듯 주저앉지는 않았을 것이다. 생각해보니 지금까지 가슴팍이 쩍 갈라지는 소리를 감추며 살아온 것만 같았다.

"참말로 못살겠네~ 나 이날 이때꺼정 내 발로 뛰댕김서 먹고살었소잉······ 십 원짜리 한 장 공것 바란 적 읎고, 내 것 남 주려고도 않고······ 내 것 안 뺏기려고 그악스럽게 움켜잡고 살어온 게 뭐 잘못이당가요?······ 내 며늘애······ 아직 젊고 팔팔한 그것 봄서 눈 질끈 감으면서나 내가 양심을 쪼매 속였을랑가?······ 우리 아들, 현태 그눔이······ 멀쩡한 사지 육신으로 밤일 못 허는 신세가 되었당게요. 그려도 지 색시 위허는 맴은 끔찍허네요. 그려요. 백만 번 혀봤자 쓰잘데기없는 말이네요. 내가 왜 모르겄소······ 어쩌겄소잉······ 살다봉케 속을 숨겨야 헐 때도 있더랑게요······ 방송국에서 친정 오는 경비 대준다고 고마워허고, 카메라에 대고 노상 웃음서 한국이 좋다고 말허는 우리 며늘애 봄서 내 가심이 미어집디다······ 저도 핏줄 떨구었응게······ 죽으나 사나 타국에 몸 붙이고 살어야 허는 그것 인생도······ 그 불쌍헌 것헌티······ 왜 진즉에…… 친정 댕겨오라고 한번 못허고 살았는지…… 돈 모아 저승 가는 꽃상여 때깔나게 맹글려고 그렸는지…… 그동안…… 나나 우리 며늘애…… 쓸개를 통째로 씹는 드끼 살어온 나날이 더 많었 당게요…… 그란디 이 지경에도…… 당신네들 방송 땜시 내가 웃 어야 쓰겄냐고?……"

두 다리 쭉 뻗고 앉아 눈물과 콧물과 악다구니를 쏟아내자, 금 방이라도 죽을 것 같던 몸에 기운이 돌았다. 실컷 울어서 맑아진 눈에 야자나무 옆 거치대 위에 있는 카메라도 보였다. 귀순의 발 버둥이 고스란히 찍혔을 위치였다. 손주들이 동네 또래들 틈에 앉 아 있는 것도 보였다. 며느리가 나타난 것은 귀순이 질척이는 콧 물을 손으로 훑어 몸뻬에 닦을 때였다.

"마마, 왜 운데여?"

울 듯한 얼굴로 귀순을 바라보는 며느리의 손에 들린 것은 미역 국이었다. 커다란 플라스틱 대접 속에 담긴 미역국을 내밀면서 며 느리가 말했다.

"오늘 마마 생일여……"

마당 바닥의 돗자리에도 음식이 하나둘씩 늘어갔다. 옆에 앉은 귀순에게 안사돈이 웃으면서 무슨 말인가를 계속 해댔지만 한마 디도 알아들을 수 없었다.

"우리 레카라니 씨가 오늘 미역국을 끓였답니다. 시어머니 되시 는 김귀순 여사님께서 미역국은 참기름에 볶다가 물을 붓고 끓여 야 한다고 가르쳐주셨는데, 한국에서 깜박 잊고 참기름을 못 챙겼 다는군요. 버터라도 얻으려고 집집마다 다니다가 이웃 마을까지 갔답니다. 하필 시어머님께서도 마실을 나가셨다가 늦게 들어오시는 바람에 이제야 잔치를 하게 되었습니다. 더운 날 불 앞에서 많은 방글라데시 음식을 만들어주신 레카라니 친정어머님께도 고맙다는 박수 부탁드립니다."

감독의 말이 이어지는 동안, 귀순은 땅에 박을 듯이 고개를 숙였다.

"오늘이 시어머님 일흔다섯 번째 생신이랍니다. 그래서 레카라니 씨가 한국에서부터 시어머니 생일상 차려줄 준비를 해왔답니다. 매년 생일도 잊고 바쁘게 사시는 시어머님께 올해는 꼭 미역국을 끓여주고 싶었다는데요. 레카라니 씨가, 버터로 볶아서 끓인 미역국이 시어머님 입에 맞을지 무척 궁금해합니다. 김귀순 여사님, 며느리가 끓여준 미역국 맛이 어떠세요?"

귀순은 감독의 갑작스런 질문에 놀라 사레들린 가슴을 쳐댔다. 막 넘기려던 미역이 입술 사이로 미끄러져 나왔다. 미역을 손에 쥐고 한동안 눈만 끔벅거렸다.

징그럽다잉…… 그 나이를 다 어데로 처묵음서 여그꺼정 왔다냐? 워매 기도 안 차네잉……

동네 조무래기들과 마당 바닥에 모여 앉은 두 손주들을 챙기느라 바쁜 며느리를 물끄러미 바라보는 사이 귀순의 그릇 속으로 무언가 떨어져 내렸다. 첨벙 떨어져 내린 것의 정체를 좇아 귀순은 고개를 쳐들었다. 새 무리가 떼 지어 날고 있었다.

귀가를 서두르는 듯한 새 무리가 보이지 않을 때까지 귀순은 하늘을 올려다보았다. 사돈집을 못 찾아 길에서 지금껏 헤매고 있었다면 어쩔 뻔했나, 새삼 가슴이 철렁했다.

새똥을 찾아 덜어내려고 숟가락으로 미역국 속을 휘휘 저었다. 국 속에 퍼져 미역 가닥과 섞였는지 찾을 수 없었다. 귀순은 종일 바싹바싹 타고 놀란 속에 식은 미역국을 후룩후룩 밀어넣었다.

어둑한 마당에 촛불이 하나둘 늘어나고 있었다. 긴 하루가 아스라한 빛 그림자로 일렁이며 흔들렸다. '발로'가 좋다, 사랑한다, 라는 뜻을 가진 방글라데시 말이라고 며느리가 이곳에 오면서 가르쳐준 게 번뜩 떠올랐다. 며느리가 그동안 카메라를 향해 수없이 외쳤던 말이었다. 귀순은 두 아들을 끼고 앉아 손으로 노란 카레 국물이 묻은 밥을 집어먹고 있는 며느리를 향해 외쳤다.

"발로 발로."

레고랜드를 가다

초가을 캘리포니아 햇살은 터질 듯 탱탱하다.

백주대낮에 똥이라도 지렸으면 어쩔 뻔했어…… 바지에도 오
줌이 묻었는지 손을 밀어넣어보고 싶지만 불어난 엉덩이를 들어
올리는 게 쉽지 않았다. 요의를 느꼈을 때, 굼뜨게라도 휠체어를
굴려 화장실을 찾아가지 않은 게 잘못이다. 그는 고개를 배꼼 들
어 주위를 둘러보았다. 눈이 파랗거나 노란, 색색의 머리를 거대
한 몸뚱이와 함께 휘날리며 걸어다니는 낯선 이들뿐이다. 풀 한
포기, 신호등, 쓰레기통까지 모두 레고로 만들어진 총천연색 테마
파크는 현란한 햇살 속에서 활기차다. 부대자루처럼 처박혀 꼼짝
못한 지 얼마나 지났나? 한 시간? 두 시간? 따사로운 햇살에 고개
를 처박으며 졸아댄 시간이 가늠되지 않았다. 이곳을 못 찾아 작
은아들이 헤매는 것은 아닐까? 설핏 들려는 잠이 절로 달아났다.

비행접시는 세 개의 날개가 빙빙 돌면서 삼백육십 도 회전하는 중이다.

비행접시 안의 사람들은 제각각 운전대를 돌리고 있지만, 똑같은 동선을 그리며 올라가게 되어 있다. 작은아들과 손녀가 이곳을 떠나고부터 봤기 때문에 그는 비행접시가 어느 시점에서 떠오르는지까지 빠삭했다. 처음엔, 공중으로 솟으며 소리를 질러대는 이들을 올려다보며 한 번쯤 타보고 싶었다. 빨강, 노랑, 파랑색 일색인 비행접시만 봐도 이제는 어지럽다.

콩새 같은 년. 컵 속에 들어앉아 빙글빙글 돌다 나오는 게 뭔 재미라고. 지나오면서 봤던 놀이기구를 타러 가자고 작은아들을 졸라댔던 손녀가 옆에 있다면 머리를 콕 쥐어박고 싶다. 손녀는 여행 내내 어리광과 생떼를 부려댔다. 후회막급이다. 애초부터 데려오지 말았어야 했다. 그랬다면 작은놈이 흔쾌히 장기 휴가를 받았을까? 아무렴…… 다섯 살짜리 손주놈까지 데려오겠다고 설치지 않은 게 다행이지……

그는 어깨를 추슬러 잎이 무성한 나무 밑까지 침입한 햇볕 무리를 털어냈다. 작은아들이 비행접시 놀이기구 앞의 나무 그늘에 휠체어를 세울 때는 몹시 마땅찮았다. 따스한 볕이 나쁘지 않았다. 관절염 환자들은 캘리포니아의 햇볕을 쐬러 일부러도 찾아온다지 않았나.

다리를 못 쓰게 된 것은 발목 관절염이 심해지면서부터였다. 조각을 하듯이 뼈를 다듬어서 양 발목에 거골 인공관절을 맞춘 수술 후에 염증이 생겨 병원을 들락거렸다. 주치의는 수술 검사 기록지를 보여주었다. HRI 상에서 관절면에 연골이 하나도 남아 있지 않았다고 했다. 그대로 두었다간 수술도 어려운 지경에 직면했을 것이라는 설명을 그는 이해하지 못했다. 오직, 인공관절을 끼워넣은 발목을 무리하게 쓰다가는 앉은뱅이가 될 것이라는 두려움만은 생생했다.

딸을 보러 미국에 가겠다고 조른 건 그였다. 죽기 전에, 라는 단서를 붙일까 말까 망설였다. 아범 하루 일당이 십만 원이 넘어요. 휴가 쓰면 월급에서 제한다구요. 선뜻 대답을 못하는 작은아들 옆에서 작은며느리가 참견하고 나섰다. 여행 경비와 작은아들의 일당까지 지급하겠다는 그의 말이 떨어지기 무섭게 작은며느리가 초등학교 오학년인 손녀까지 떠밀었다. 미국 여행은 이 주 동안 결석 처리를 하지 않는다고 했다. 휠체어를 타고 딸집에 오면서 고생한 것을 떠올리면 지금도 뼈마디가 욱신거렸다. 인천 공항에서 대만 타이베이 공항을 거쳐 로스앤젤레스까지 오는 동안 이틀이 걸렸다. 기내에서 다리조차 편히 뻗을 수 없어 삭신이 오그라드는 듯했다. 비행기를 갈아타고 오면 항공료가 절감된다는 것은 미국에 와서 딸에게 들었다. 작은아들에게 미리 돈을 넘겨준 것을 후회했다. 요령 있게 쓰고 남으면 아비에게 수고비 받은 셈치거라, 한 게 잘못이었다.

나를 떼어놓아야 한 가지라도 더 탈 수 있겠지. 휠체어까지 끌고 다니자면 좀 성가시겠어. 하나만, 하나만 더 하다가 늦어지겠지…… 면허증을 발급한다는 운전놀이 학습장에 가 있는지도 몰라…… 그곳에 가고 싶다고 콩새년이 엄청 보채댔잖아……

그는 조바심이 일렁이는 눈으로 사방을 휘둘러보았다. 다리를 배배 꼬아가며 막아놓은 오줌보가 터질 듯했다. 혼자 화장실도 못 가는 아비를 두고…… 애절한 눈빛으로 주위를 둘러보았다. 하늘로 오르는 비행접시를 타려고 줄을 서 있는 사람들 누구도 그를 바라봐주지 않았다.

물 위에서 실제로 배를 조종하면서 레고로 만들어진 항구와 철도를 구경하며 탄성을 질렀던 아침나절이 꿈만 같다. 샌프란시스코의 고층빌딩들과 언덕배기에 있는 1800년대 빅토리아 양식의 가정집, 1850년대 이래로 미국에 이주해온 중국인들의 거점이 된 샌프란시스코 차이나타운을 배경으로 사진촬영도 했다. 이억 개의 레고로 미국 주요도시를 이십 대 일로 축소해서 보여주는 미니월드 앞에서 작은아들은 외국인들과 영어로 대화하며 손녀딸에게 이것저것 설명해주었다. 그는 작은아들이 자랑스러워 어깨가 절로 올라갔다. 박사학위까지 받은 놈이라 어디가 달라도 달랐다. 딸네 집에서 두 시간이 걸리는 이곳까지 오면서도, 렌트한 차를 직접 운전하며 차창을 열고 영어로 길을 묻는 실력을 발휘하지 않았나. 고생하면서 자식 키운 뿌듯함으로 기라성 같은 세계의 도시들이 발아래로 보였다.

익스……큐큐…… 그는 '익스큐즈 미'를 낮게 읊조렸다. 작은

아들이 뭔가를 물을 때 했던 소리는 안에서만 맴돌았다. 용변이 급하다는 말을 할 재주가 없었다. 공중화장실 앞을 오가는 사람들 누구도 그에게 관심이 없었다. 손짓발짓으로라도 도움을 구해보려고 몸을 일으키는데 오금쟁이 사이로 오줌이 흘러내렸다.

어디쯤이었더라? 그는 고개를 길게 늘여 사방을 휘둘러보았다. 무작정 휠체어를 굴려 화장실을 찾아오느라 돌아갈 방향을 새겨두지 못했다. 회전하는 비행접시가 있는 곳에서 얼마나 멀리 왔는지 알 수가 없었다. 하루 온종일 돌아도 넓어서 다 못 본다는 이 거대한 곳에서 길을 잃는다는 건 상상만으로도 끔찍하다. 매사 숫자에 밝은 작은아들은 레고랜드 총면적이 일억오천만 평이 넘는다고 외운 듯 말했었다. 작은아들이 손녀만 데리고 간 때 함께 가셨다고 떼쓰지 않은 게 죽도록 후회스럽다. 오줌으로 축축해진 아랫도리 때문에 불안은 커져갔다. 이놈이 나를 말려 죽이려고…… 작은아들에 대한 원망이 솟았다. 나쁜 놈.

진통제가 아니면 온몸이 쑤셔 잠을 잘 수가 없는 상황이 오면서 욕하는 버릇이 생겼다. 큰아들이고 작은아들이고 가리지 않았다. 아내를 땅에 묻고부터 욕이 늘었다. 다 네 에미 살 발라먹고 살아온 놈들이다, 니들이. 알아? 아느냐고? 욕을 해대고 나면 통증이 가라앉고 살살 기운이 돌아왔다. 병석에 누운 지 일 년도 안 돼 눈을 감은 아내는 둘이나 되는 며느리의 밥 한 그릇을 제대로 얻어

먹지 못했다. 아내는, 두 며느리가 몸 한 번이라도 덜 움직이려고
실랑이를 벌이는 것을 지켜보다가 끝난 인생이었다.

　가정부를 들여 늘그막에 실컷 호강시켜줄 수도 있었다. 만성 신
부전증으로 누운 아내가 그렇게 일찍 세상을 떠날 줄 알았더라면.
늙은 에미 애비 보겠다고 오는 자식들을 어떻게 빈손으로 보내요.
용돈 좀 두둑히 줘요. 그래야 아들놈들도 며느리 볼 면목이 있지.
기름 넣어야 차도 굴러가잖아요. 손자들에게 만 원짜리 한 장 안
주는 노랭이라고 며느리들이 쑥덕거립디다. 자식들에게 퍼줄 된
장, 고추장, 김치를 담그느라 사시사철 분주했던 아내는 죽기 하
루 전에도 그 타령이었다.

　미역줄기 무침에서 철수세미 조각이 나왔을 때, 그는 망설이
다 전화기를 집어들었다. 내키지 않았지만 빈말이라도 고맙다고
하려는데, 작은며느리의 뚱한 목소리가 거슬렸다. 눈을 감고 만
든 거냐? 철수세미 넘기다가 목젖이라도 찔리면 내 재산 물려받
아 잘살려고 그랬냐? 생각지도 않았던 말이 쏟아져 나왔다. 그날
밤에 연락도 없이 찾아온 작은아들은 썩은 감자 같은 표정이었다.
재떨이를 집어던질 마음까지는 없었다. 헛들었나 싶은 말이 작은
아들의 입에서 나오기 전까지는. 아버지가 돈이 없어요? 파출부라
도 써요. 아이 둘 키우느라 애엄마가 등골이 휘어져요. 아버지 반
찬까지 해다준 날은 밤에 끙끙 앓느라고 잠을 못 잔다구요.

　일주일에 한 번씩 음식을 만들어오는 작은며느리에게 수고비
한 푼 주지 않았다. 다섯 살짜리 손주 앞에서도 지갑을 열어 만 원

짜리를 만지작거리다가 만 게 여러 번이었다. 자식들 버릇 나빠지니까 돈 주는 버릇을 들이지 말라던 여동생의 말이 떠올랐다. 당장 찔끔찔끔 준다고 늙은 부모에게 효도하는 것 아닙디다. 언젠가는 한꺼번에 풀 거라는 기대가 있어야 시도 때도 없이 찾아와 잘한다니까. 요즘 자식들 다 그래. 돈 없는 부모 쳐다나 보는 줄 알아? 여동생은 입에서 침을 튀겨내며 주장했다. 결혼해서도 한동네에 살며 부모를 챙기는 아들딸을 둔 여동생의 말이 틀리지 않을 것 같았다. 뼈 빠지게 일해서 세 자식들을 대학까지 보냈으면 집 장만은 알아서 하게 두라던 여동생의 말을 듣지 않은 것도 후회되었다. 한해에 큰아들과 작은아들이 연달아 결혼하는 바람에 헐값에 나온 빌딩을 사지 못한 것은 두고두고 아쉬웠다. 카센터를 하던 정씨가 은행에서 돈을 끌어와 그것을 샀고, 요새는 그 자리에 신축빌딩을 짓겠다고 구청을 드나들었다. 칠층까지 올릴 수 있다고 자랑하는 정씨를 만날 때마다 속이 쓰렸다. 결혼할 때 받은 아파트가 좁다고 투정하는 작은아들의 등짝을 야구 방망이로라도 내려치고 싶었다.

배를 타고 다니며 놀 수 있게 만들어놓은 세트장 옆으로 물놀이터가 펼쳐져 있다. 장대에 매달린 바케스에서 물이 쏟아져 내렸다. 물세례 속에서 아이들이 발악 같은 함성을 질렀다. 그는 시끄럽고 어지러워 물놀이장 한복판에서 두 팔을 늘어뜨렸다. 두레박들이 쉴 새 없이 물을 퍼담고 쏟아내기를 반복했다. 미끄럼틀과 줄 맨 타이어 속에서 놀던 아이들은 물이 쏟아지는 시간에 맞춰 바케스 밑으로 몰려들었다. 그 속에 손녀가 있을 것 같아 그는 물놀이터로 휠체어를 굴렸다. 해적선을 타고 바다를 항해하는 아이들이 물총을 마구잡이로 쏘아댔다. 이놈들아, 무슨 짓이야? 이런 버르장머리 없는 놈들. 그의 고함은 번번이 물소리에 먹혔다. 험악하게 인상을 구길수록 노랑머리 아이들은 더 재미를 붙이며 달려들었다.

피하듯이 휠체어를 굴리다가 대여섯 살은 되어 보이는 남자아이의 다리를 걷어찼다. 장정 서넛은 붙여놓은 것 같은 여자가 육중한 몸을 흔들며 그에게 고함을 질러댔다. 허리에 양손을 올린 여자의 씩씩거림은 오래 계속되었다. 저 버르장머리 없는 멕시칸 것! 어디서 어른도 못 알아보고. 우람하게 몸을 흔들며 가는 여자를 그는 무력하게 바라보았다.

그에게 있어 거대한 몸집을 가진 이들은 모두 불법으로 건너온 멕시칸이었다. 지난 일요일에 710번 프리웨이를 타고 놀러 갔던 롱비치 해수욕장에서 그는 멕시칸들을 많이 보았다. 하마처럼 몸을 기우뚱기우뚱 흔들고 다니던 이들. 어린 자식들을 일곱이나 끌고 다니는 이도 있었다. 작은아들은 그들이 목숨을 내놓고 멕시코에서 국경을 넘어왔다고 말해주었다. 미국땅에서 시민권을 받을 수 있기 때문에 그들은 무작정 자식들을 낳는다고.

자식을 두엇 정도 더 낳았더라면 하는 미련이 늦게까지 남아 있었다. 세 살 터울의 자식들 모두 이발소 직공 노릇을 하면서 차린

신혼집에서 태어났다. 국수다발만 풍성하게 쌓아놓고 살았어도
방 칸 부족한 것은 따지지 않았을 것이라고, 그는 가끔씩 아쉬웠
다. 확신할 수는 없으나, 사이사이에 생긴 아이를 아내가 몰래 지
우고 왔을 수도 있었다. 아내에게 대놓고 물은 적은 없지만 어쩐
지 꼭 그랬을 것만 같았다. 먹거리, 입을거리 걱정이 없어졌을 때
는 아내의 생식 능력이 사라져 있었다.

이발소는 밤이 오는 게 아쉬울 만큼 손님들로 문턱이 닳았다.
보조 이발사를 쓰면서도 손이 부족했다. 따복따복, 소쿠리에 알밤
차듯 쌓인 돈들로 통장이 불어갔다. 다섯 평짜리 이발소가 열 평
으로, 스무 평으로 넓어지는 동안 그는 신기라도 붙은 듯 가위를
놀렸다. 낮밤이 따로 없었다. 멀리 이사를 간 사람들도 머리를 깎
기 위해 차를 타고 찾아왔다. 퇴폐영업을 단속하기 전까지 면도사
를 한꺼번에 스무 명이나 고용했다. 손에서 가위 놓을 새가 없었
다. 돈이 불어나는 운이 가위 잡은 손에서 나온다는 것을 의심하
지 않았다. 육십 넘어 관절염 판정을 받고서도 직접 머리를 깎다
가 떨어뜨린 가위로 손님의 발등을 찍지 않았다면, 몸을 온전히
펴지 못하더라도 서서 머리를 깎았을 것이다.

그는 이발 일을 그만두고서도 흡족했다. 호황과 걸맞지 않는 권
리금을 받고 이발소를 팔았지만 미련은 없었다. 세 자식들이 부족
함 없이 자라 있었고, 꼬박꼬박 세가 나오는 다세대 주택과 땅이
있었다. 집 근처 백여 평의 땅은 언제든 높은 건물을 올리거나 팔
수 있었다. 수원 중앙동 일대에서 그만한 땅이면 주저 없이 부자

라고 말할 수 있었다.

건물뿐인가…… 열 개가 넘는 예금통장 액수가 총 얼마인지 계산해본 지 오래야…… 그것들이 안방 장롱 서랍 속에 있지. 집에 가면 잊지 말고 찾아봐야겠어……

세 개의 날개가 돌아가면서 하늘로 올라가는 비행접시 놀이장은 보이지 않았다. 그는 무작정 휠체어를 굴렸다. 작은아들이 그곳에 갔다면 이번에야말로 길이 엇갈릴 터였다. 아버지가 난관에 처한 줄도 모르고 간호사 시험에 붙겠다고 영어 공부를 하러 나간 딸을 생각하자, 목에서 뜨거운 것이 치민다. 그리움인지 원망인지 알 수 없다. 미국이 이런 곳이었으면 주소와 전화번호라도 적어 가슴에 달아줬어야 하질 않나…… 처음부터 이 낯선 땅이 영 마음에 들지 않았다.

어느 날 새벽, 딸은 울먹이는 소리로 전화를 해왔다. 아빠, 작은 올케가 뭐라는지 알아? 나보고 시부모 모시고 살아보래. 그러면 자기도 군말 않고 아빠 모시고 살겠데. 몸도 성치 않은 아빠를 두고 어떻게 그런 말을 해? 나중에 무슨 면목으로 아빠 재산을 물려받을 거냐고 했더니, 그건 법적으로 다 받게 되어 있으니까 염려 말래. 그런 말을 하려면 중국 간 큰올케한테 하라면서 입에 거품을 물더라구…… 그는 어둑한 거실 한쪽에서 수화기를 든 채 곰처럼 웅크리고 앉아 있었다. 약을 먹고 뒤척이다 가까스로 든 잠이

었다. 수화기 저쪽이 미국이라는 게 믿기지 않을 만큼 딸의 울음
소리는 생생했다.

딸은 아내가 병상에 있을 때도 문병 한번 오지 못했다. 취업비
자로 미국에 간 사위가 신청해놓은 영주권이 나올 때까지는 한 발
자국도 움직이지 않는 게 좋다고 했다. 아빠, 내가 몸이 무거워서
못 나가니까, 아빠가 미국에 한번 와요. 나 사는 것도 보고…… 딸
은, 미국은 장애인들의 천국이라고, 휠체어까지 대접을 받을 것이
라고 했다. 그는 수화기를 붙든 채, 딸이 미국에 건너가지 않았다
면 말년이 서럽지는 않았을 거라고 생각했다. 시집가고 나서도 돈
을 타기 위해 손을 내미는 건 다르지 않았지만, 딸은 아들놈들
과는 달리 찰떡처럼 감기는 맛이 있었다.

미국에 온 지 오 일이 지난 지금까지 딸은 하루도 함께하지 않
았다. 작은아들이 모는 렌터카를 타고 여행을 다니는 게 힘들다는
그의 투정도 듣는 둥 마는 둥했다. 삼시 세끼 밥과 국이 없으면 무
엇을 먹어도 모래를 씹는 것 같은 그의 식성도 깡그리 잊은 듯했
다. 오늘 아침에도 태연하게 식빵과 커피를 내놓고, 아이를 유치
원에 보내느라 부산을 떨었다. 그는 딸을 보기 위해 부랴부랴 여
권을 만들고, 비자를 받기 위해 미 대사관 앞의 땡볕 아래 줄을 서
서 몇 시간을 기다렸던 것을 떠올렸다.

사위가 미국 회사에 취직이 되었다고 했을 때, 집안에 큰 경사
라도 난 듯 친지들을 불러모아 잔치를 벌였다. 한식에 선산에 오
지 않는 당숙들에게까지 전화를 걸어 능력 있는 사위 자랑을 했

다. 아픈 다리를 끌며 주차장 관리를 해서 모은 돈 삼천만 원을 미국으로 떠나는 딸에게 주었는데, 집에는 제대로 된 가구 하나 없었다. 아무리 생각해도 딸이, 소파 하나 없는 집에서 살고 있는 것을 보여주려고 멀고 먼 미국에 자신을 초대한 것만 같았다.

넓은 땅에서 살고 싶다고 선박 회사에 줄을 대어 무작정 미국에 온 사위는 형편이 피면 샌디에이고로 이사 갈 계획이라고 했지만, 그의 눈에는 요원해 보였다. 곧 둘째아이가 태어날 터였다. 딸과 사위는 세상 나오자마자 미국 시민권을 얻는 배 속의 아이가 행운이라고 떠들었지만, 손발이나 꼬물거릴 줄 아는 갓난아이가 무슨 행운을 안고 온다는 것인지 그는 도통 알 수가 없었다. 간호사 시험을 준비한다고 임신한 몸으로 바쁘게 나다니는 딸을 보는 것도 속이 쓰렸다. 해진 옷 한번 안 입히고 손 내밀기 전에 용돈 척척 올려주며 키웠다. 시집보낼 때도 혼수와 예단을 섭섭잖게 해 보냈다. 낯선 땅에 와서 부른 배를 안고 다니며 고생하라고 베푼 사랑이 아니었다.

딸네 집에서 머무는 동안 딸은 돈을 보태달라는 말은 하지 않았다. 그러나 딸의 말대로 그는 딸이 사는 것을 보았다. 한 칸의 방과 거실과 화장실이 있는 단층의 슬래브 건물에서 열 가구가 월세를 살고 있었다. 캄보디아, 일본, 중국 등지에서 이민을 왔다는 거주민들은 공동 마당에서 만날 때나 웃는지 우는지 모를 표정을 마지못해 흩뿌리다 사라졌다.

그는 손에서 불이 날 만큼 휠체어 바퀴를 돌렸다. 내리막길에서

구를 뻗한 휠체어 때문에 애먹은 후로 평지에서도 제동장치에서 손을 떼지 않았다. 크게 울부짖으며 사방을 휘둘러보는 아이와 맞닥뜨린 건 사자와 기린이 마주 보고 있는 동물원 옆에서였다. 노랗고 파랗게 머리를 물들인 대여섯 살의 남자아이는 밟고 서면 분수가 솟아나오는 놀이를 하다 왔는지 티셔츠가 물로 철썩철썩했다. 얼굴이 우유처럼 매끈거렸다.

"아가야, 울지 마라. 자식을 버리는 부모는 흔치 않단다."

아이가 입은 하얀 티셔츠에 검게 박힌 'I LOVE YOU'를 바라보며 그는 중얼거렸다. 아이가 자신의 말을 알아들을 수 없다는 게 안타까웠다.

저 아이를 따라가면 사람 찾는 방송을 해주는 곳이 나올 거야. 불현듯 떠올라 그는 휠체어 바퀴를 잡은 손에 힘을 주었다. 손짓과 발짓으로라도 아이와 같은 상황임을 설명하고 싶었다. 지금껏 눈을 씻고 봐도 한국 사람 비슷한 이는 찾을 수 없었다.

펭귄 모양의 쓰레기통에 부딪혀 넘어진 게 먼저였는지, 울던 아이가 눈앞에서 사라진 게 먼저였는지 알 수 없었다. "이놈아 애비 죽는다." 그는 아이처럼 큰 소리로 울었다. 휠체어를 넘어뜨린 게 고작 레고로 만든 쓰레기통이라는 게 어이없다. 성치 못한 몸을 이끌고 미국까지 오는 게 아니었다.

엎어진 휠체어 바퀴 사이에 직육면체 모양의 레고 브릭이 앙칼지게 박혀 있다. 그는 엄지와 가운뎃손가락을 튕겨가며 초록색 레고 브릭을 툭툭 쳐댔다. 가운뎃손가락만 한 레고 브릭은 약이라도 올리듯 꿈쩍하지 않았다. 휠체어가 덮친 펭귄 모양의 쓰레기통에서 떨어져 나와 박힌 듯했다.

레고 브릭을 빼내려고 몸을 기울이고 있는 동안, 건장한 두 명의 청년이 땅바닥에 주저앉은 그에게 다가왔다. 그들은 도와달라고 말하기도 전에 그를 불끈 들어 휠체어에 앉혀주었다.

"이보쇼들, 한국 사람이요? 나 좀 도와주구려."

돌아서는 그들의 등 뒤에 대고 그는 안타깝게 소리를 질렀다.

"놀러 와서 아들을 잃어버렸단 말야. 사람 찾는 방송을 하는 곳이 있을 것 아냐? 거기로 나 좀 데려다달라니까."

그는 울상을 지었다. 돌아보며 어깨를 추켜올리는 청년의 입에서 나오는 말을 알아들을 재간이 없었다.

"늙은이 혼자 이 꼴로 있으면 말이 통하지 않아도 알아야지. 안 그래? 내 자식놈이나 남의 자식놈이나 다들 어째 그렇게 뭘 몰라. 내 속이 지금 숯검댕이라고. 답답해서 심장에서 불이 날 것 같다니까……"

그는 증명이라도 하듯 주먹 쥔 손으로 가슴을 마구 쳐댔다. 도와달라고, 손가락 발가락이 모자라게 해댄 말을 또 할 기력이 없었다. 엉엉 소리 내어 울고 싶었다. 청년들은 좀 전보다 요란스러운 표정을 내보이며 돌아섰다.

휠체어를 붙잡은 손에 단단히 힘을 줬다. 나쁜 놈. 난데없이 작은아들에게 긁혔던 속이 따끔거렸다.

아버지, 재혼은 절대로 안 돼요. 알지요? 아버지 재산이나 노리고 오는 여자일 게 뻔한데…… 어느 날 퇴근길에 집에 들른 작은 아들이 눈에 힘까지 주며 엄포를 놓았다. 주차장 옆에서 카센터를 하는 정씨를 길에서 만났다고 했다. 나이 든 남자일수록 혼자 살기 힘든 법이라며 나를 야단칠 기세더라고요. 아버지가 그 아저씨한테 외롭다고 했어요? 왜 남의 집 일에 참견이야…… 작은아들은 오래 씩씩거리다 돌아갔다. 아버지, 나중에 괜히 일 복잡하게 만들지 않으려면 잘 생각해야 돼요. 그는 작은아들이 돌아가고 나서야, 나중에 복잡해지는 일이 무엇인지를 깨달았다.

고얀 놈.

혼자 남은 아버지에게 한마디 상의도 없이 주재원 신청을 해서 중국으로 날라버린 큰아들놈 대신 의지했던 만큼 실망감이 컸다. 그렇잖아도 정씨가 군산댁 얘기를 꺼냈을 때 자리를 박차고 나오지 않은 것에 화가 났었다. 일찍 혼자되어 자식들을 키우느라 시장 안에서 곱창볶음과 막걸리를 파는 여자를 어디에 들이대나 싶어 처음엔 은근히 부아가 났다. 아내의 첫 기일도 지나지 않아서였다.

늙고 내 몸 아프면 다 헛거야. 싸 젊어지고 갈 것도 아니고. 내 몸 편한 게 최고지 뭐…… 그러다 정씨가 은근히 목소리를 낮추었다. 요즘 나이든 사람들 사이에선 계약결혼이 유행이래. 일 년 동안 함께 살면 얼마, 이 년 동안 살면 얼마, 이렇게 사전에 계약서를 쓰고 재혼한다는 거야. 나이 많고 돈 많은 배우자가 먼저 죽으면 그 돈만 받고 물러나는 거지. 자식들과 불편할 일도 없고 깨끗하잖아. 남자 입장에서도 간병인보다야 낫지 뭐…… 정씨는 재차 우정 어린 제안이라는 것을 알아주기 바랐지만, 그는 귀에 물이라도 들이부어 방금 들은 말을 씻어내고 싶었다. 열아홉에 맨손으로 서울 올라와 이발소 견습공 노릇을 할 때 만난 아내였다. 세 평짜리 이발소를 차렸을 때도 면도사로 일했던 아내에게 십 원짜리 한 장 맡기지 않고 살아왔지만 맹세코 아내 죽고 혼자 남아 호강하기 위해서는 아니었다.

딸이 미국으로 가고부터 아내는 미국을 선망했다. 땅덩이가 넓어 수천 대의 차가 쑥쑥 달린다고 합디다. 백 평짜리 땅 하나 갖고 내 앞에서 거드름을 피우며 사는 당신이야말로 그곳에 가면 뭘 느끼는 게 있을 텐데…… 아내는 경제권을 주지 않았다고 평생 불만이었지만, 그가 위세를 떨지 않았으면 두 채의 집과 주차장을 하며 돈을 버는 백 평의 땅을 유지하는 건 어림도 없었다. 부동산업자가 빌라를 짓겠다고 주차장 부지를 팔라고 했을 때도 아내는 목돈을 챙겨 자식들에게 나눠주자고 했다. 큰아들이 자금만 있으면 회사를 나와 사업을 하겠다고 보챘고, 작은아들은 결혼하면서 받은 스물다섯 평 아파트가 작다고 불평을 일삼던 즈음이었다.

언덕 아래 넓은 공터에서는 소방서 놀이가 진행 중이다. 거대한 소방차, 불 끄는 호스, 구조대 등 모든 것이 레고로 만들어져 있다. 노란색 방화복을 입은 소방대원들이 보여주는 한바탕의 쇼 앞에서 관람객들의 웃음소리가 낭자하다. 저 속에 한국 사람이 있을

까? 실낱만 한 기대로라도 가보고 싶지만, 장애인을 위해 만들어
놓은 달팽이길은 경사가 심한 내리막이다.

그는 손으로 뱃가죽을 살살 쓸어내렸다. 출출하다. 오후 서너
시는 너끈히 넘었을 것이다. 휠체어를 끌고 동네 시장에 나가 옥
수수나 팥죽 등의 간식을 먹었을 시간. 해가 한풀 수그러진 후에
먹었던 그것들이 그립다.

노릇노릇 익어가는 군산집의 곱창 볶음 냄새가 살살 코를 간지
럽힌다. 입에 침이 돈다. 뜬금없기는……

정씨의 얘기를 듣고 나서 군산댁을 생각하는 시간이 늘었다. 눈
매도 사납고 입매도 야물지가 못해. 하긴 혼자 자식 다섯을 키워
시집장가 보내자면 모진 세월 겪었겠지…… 그는 혼자서 숱하게
고개를 저었다. 은행에 갈 일이 생기면 곧바로 질러가는 길을 놔
두고 시장을 빙빙 돌아 군산집 앞으로 지나갔다. 지팡이에 의지하
고서라도 몸을 움직일 수 있을 때였다.

군산댁이 미쳤어? 나보다 열 살은 아래로 보이던데…… 정씨
앞에서는 안 들은 말로 하겠다고 못을 박았다. 오만 가지 생각이
도는 꿍꿍이를 숨긴 채였다. 생뚱맞게 군산댁과 죽은 아내가 비교
되었다. 아내는 남편이 벌어다 주는 돈을 떡 주무르듯 써대지는
않았지만 얼굴은 복스러웠다. 생선을 몇 마리나 넣고 국을 끓였는
지까지 알아내는 남편과 사는 것을 불만스러워하지도 않았다. 내
가 고생시키지는 않았잖아? 그만하면 괜찮은 남편 아니었어? 예

전에 말이야. 당신이 꽉 찬 시장바구니 들고 오는 게 힘들다고 젊은 직원에게 맡기고 수고비로 천원이나 주었다고 내가 고래고래 소리를 질러, 당신 눈에서 눈물 뺐었지. 아끼고 잘살자는 거였지, 뭐. 내가 그렇게 꼬장꼬장 했으니 돈 모으고 살았어. 쉽게 되는 게 있나, 어디…… 아내 생각이 새록새록했다. 어느 구석을 돌고 돌다 시장 바닥에 앉았는지 모를 군산댁에게 아내의 자리를 내주고 싶지는 않았다. 온전히가 아니라 반쪽만 주는 관계라도 내키지 않았다.

숨차게 휠체어 바퀴를 돌리고 다녔지만 음식 파는 곳은 없었다. 있다 한들 지갑조차 없었다. 어떤 일이 있어도 지니고 있어야 한다는 여권조차 작은아들에게 있었다. "이보시오. 누가 내 아들 좀 찾아주구려. 경찰이라도 좀 불러주든지……" 그는 아무리 불러도 뒤돌아보지 않는 이들을 향해 소리를 질렀다.

불현듯, 부르면 달려와 잡일까지 봐주고 가는 동네 청년의 월급을 올려줘야겠다는 생각이 들었다. 대학을 졸업하고 몇 년째 입사 시험을 준비하는 청년이 자신 때문에 토픽 시험을 보지 못한 것이 새삼 미안했다. 한밤에 몸에 열이 오른 그를 응급실로 데려간 것은 청년이었다. 작은아들은 간밤의 회식으로 술병이 나서 다음 날까지 전화를 받지 않았다. 병원에 그를 혼자두고 떠날 수 없어 토픽 시험을 포기했던 청년에게 특별 사례금을 주지 않았던 게 새삼 떠올라 얼굴이 붉어진다.

긴긴 놀이에 지쳤는지 사람들은 어딘가로 터덜터덜 걷고 있다. 빙글빙글 돌거나 상하로 오르내리는 놀이기구들도 하나둘 멈춰 있었다. 폐장을 서두르는 것일까? 원색의 옷을 입고 초록색 모자를 쓴 젊은 직원들이 보이면 그는 멀리서라도 손을 흔들었다. 사방을 둘러봐도 그 표정 그대로인, 레고로 만든 것들 투성이다. 누가 도와주건 말건 당장 땅바닥에 누워 발버둥이라도 치며 울고 싶다. 문이 닫히고 이 거대한 공간에 혼자 남게 된다는 상상만으로도 진저리가 쳐진다.

딸을 보러 미국에 오지 않았다면, 퇴근이 이른 가장들 때문에 분주할 시간이다. 고정된 자리에 차를 세우는 직장인들이 오기 전에 뜨내기손님들의 차를 빼내야 한다. 아르바이트를 하는 청년에게 일당을 계산해주고 나면 주차장 한쪽에 지어놓은 컨테이너에 들어가 앉을 수 있었다. 그는 매번 휠체어를 밀쳐내고 벽에 기대앉아 하루 매상이 얼마인지를 꼼꼼하게 계산했다. 몸이 쑤셔도 꼬깃꼬깃한 돈 냄새를 맡는 기분은 좋았다. 운이 좋으면 해가 지고도 몇몇 손님을 더 받았다. 늘 퇴근이 늦는 이들의 자리를 내주고, 서너 시간의 주차료를 챙겼다. 그런 돈은 덤 같아서 볼수록 흡족했다. 뼈까지 욱신거려 일찍 들어가는 날은 사정을 아는 놈들의 차가 은근슬쩍 무임 주차를 했지만, 점퍼 주머니가 불룩해진 것만으로 참아 넘길 수 있었다. 아픈 몸으로도 쉬지 않고 일하고 있다는 자부심, 언젠가부터 자신을 지켜주는 건 그것뿐임을 알게 되었다.

　군산댁도 싫지 않은 모양이야. 내가 미리 군불을 지펴봤거든. 싫다고 하지 않더라니까. 내가 자네 혼자 청승 떨고 사는 게 안쓰러워 그래. 그 큰 집에서 왜 그러고 살아? 그렇게 살다 죽으면 끝나는 거라니까. 막말로 관 속에 들어가는 일밖에 더 있어? 정씨가 찾아와 혀를 쯧쯧 차고 해거름에 돌아갔을 때 군산댁을 만나보고 싶은 마음이 일렁였다. 작은며느리가 해온 반찬들을 꺼내 저녁을 먹고 창밖을 보니 비까지 구성지게 내리고 있었다. 밥 한 그릇을 깨끗이 비웠는데도 속이 헛헛했다. 정씨와 함께 가서 먹었던 군산집의 곱창볶음 생각이 났다. 아니, 군산댁을 한번 보고 싶은 마음이 굴뚝같았다. 새 옷을 꺼내 입고 신발장에서 제일 튼실한 우산을 골라내는데 가슴이 뛰었다. 약 없이는 밤에 잠을 못 잔다는 얘기는 하지 말아야겠지?…… 돈도 벌게 해줄 겸 닭발 무침을 삼인분 시켜먹고 남으면 싸달라고 하지 뭐…… 손님이 없으면 함께 술 한잔 하자고 해도 흉될 일은 아니지……… 오며가며 술 마시러 드나들기도 했고…… 비까지 내려 가게들이 일찍 문을 닫은 어둑한 골목들을 도는 사이에 결심은 무너졌다 일어서기를 반복했다. 그날 군산댁과는 코가 삐뚤어지게 술을 마셨다. 술잔을 주거니 받으며 자식놈들 흉을 늘어놓으며 보낸 시간들은 번개 같았다. 내 살 덩어리를 떼어서라도 자식놈들 입에 넣어주고 싶었던 시절들을 얘기할 때는 누가 먼저랄 것도 없이 눈물을 훔쳤다.

군산댁은 술잔을 앞에 놓고 단둘이 앉으면 갈대가 잔바람에 흔들리는 듯했다. 말본새도 낮고 조곤조곤했다. 보기랑 다르다고, 그는 속으로만 감탄을 거듭했다. 늦은 밤까지 술친구를 해준 게 고마워 그가 황태포와 곶감 상자를 갖다준 후로는 자연스럽게 흉허물 없는 사이가 되었다. 아버님, 군산집 아주머니와 그렇고 그런 사이라는 소문 돌던데, 그런 것 아니지요? 작은며느리의 말이 쇠꼬챙이처럼 가슴을 들쑤셨지만 신경 쓰지 않았다. 장롱 속에서 아내가 훗날 쓰겠다고 간수해둔 푸른 식탁보를 발견했을 때도 절로 군산댁 생각이 났다. 나중에 우리도 새집 이사 가서 식탁보도 새로 깔고, 꽃도 몇 송이 꽂아놓고, 소주 말고 포도주 마시면서 사는 것처럼 좀 삽시다. 아내의 생전의 말이 떠올라, 한참을 서서 망설이긴 했다.

이억 개의 레고로 미국의 주요도시를 이십 대 일의 비율로 축소했다는 미니월드 앞이다. 근방을 뱅뱅 맴돌았군…… 그는 부지런히 휠체어를 굴리던 손을 망연히 늘어뜨렸다. 정오에 이곳에서 작은아들이 각도를 달리하며 카메라에 여러 컷의 사진을 담는 동안 그는 미국이라는 넓은 땅덩어리를 가진 나라에 감탄해 입을 헉헉 벌렸다. 샌프란시스코의 고층빌딩들과 언덕배기에 있는 1800년대 빅토리아 양식의 가정집, 1850년대 이래로 미국에 이주해온 중국인들의 거점이 된 샌프란시스코 차이나타운……

그는 달아나듯 휠체어 바퀴를 뒤로 돌렸다. 거대한 성채가 검은 촉수를 뻗치며 다가오는 듯했다. 레고로 이루어진 미니어처 도시들이 눈앞에서 점점 멀어졌다. 작은아들의 말에 의하면 레고랜드는 야간개장을 한다고 했다. 오후 여섯 시에 들어오는 관람객들은 반값으로 할인된 관람료를 내고 들어와 밤늦게까지 논다던가. 한 무리의 관람객들이 쏟아져 들어와 낮처럼 분주해진 속에서 또다시 헤매고 다닐 생각을 하자 와락 무서워졌다. 멈춰 있던 놀이기구들이 원색의 빛깔들을 팔랑팔랑 날리며 돌아가고 올라가고 굽이치는 상상은 어지럽고 불길하다.

원앙이 금사로 수놓아진 푸른 식탁보를 싸들고 어스름에 군산집을 찾아갔을 때, 가게 안은 아수라장이었다. 낳고 먹이고 남들 다 보내는 학교 보낸 것밖에 더 있냐고 삿대질을 해대는 중년남자의 목소리를 그는 문밖에서 들었다. 유리창이 깨진 문짝이 나뒹구는 속에서 시장 사람들이 쑤군거렸다. 두 달에 한 번씩 찾아와 행패를 부린다는 군산댁의 아들에 대해 근방 사람들은 진작부터 알고 있는 듯했다. 늙은 어머니가 새벽 두 시까지 술을 팔아 번 돈을 사업 자금이랍시고 빼가는, 밑 빠진 독이라고 했다. 천만 원을 어떻게 만드느냐고 악을 쓰는 군산댁과 눈앞에서 칼로 창자를 쑤시고 죽어줘야 속이 후련하겠냐고 덤비는 아들의 행패를 지켜보다 그는 미련 없이 돌아섰다.

그날 이후 군산집에 발걸음을 끊었다, 군산집 앞을 지나야 하는 새마을 금고에 일이 있을 때는 전화로 직원을 오게 했다. 가끔씩,

조곤조곤한 군산댁의 목소리와 지글지글 익어가는 곱창 냄새가 그리웠지만 그녀의 아들이 떠올랐다. 언제 한번 찾아가 자식 키우며 사는 것이 다 그렇더라고 위로하며 술잔을 부딪치겠다고 벼른 게 해를 넘겼다. 개망나니 아들 때문에 군산댁이 여전히 속을 끓인다는 얘기를 정씨에게 드물게 들었다. 그때마다 술추렴을 훗날로 남겨둔 것을 다행으로 여겼다.

무엇보다, 무엇보다 싫었지. 양장피 한 쟁반 시켜먹으면서도 바들바들 떨면서 모은 돈인데. 피 같은 내 돈을 누구랑 함께 써? 검버섯 핀 나이에 만난 쭈그렁 할망구랑? 흥! 기가 차. 개망나니 아들놈은 또 어쩌고? 죽 쒀서 개 준다는 말이 괜히 있나……

직육면체 모양의 레고 브릭은 여전히 휠체어 바퀴살 사이에 박혀 있다. 그는 팔을 뻗으며 굼뜨게나마 몸을 구부렸다. 허사였다. 초록 레고 브릭은 땅바닥 가까이에 있었다. 끝내 손이 닿지 않아 안간힘을 써보다가 헉헉 숨을 내뱉었다. 바퀴를 굴린다면 위로 올라온 레고 브릭을 수월하게 빼낼 수 있겠지만 화단 옆에 고정시켜놓은 휠체어 잠금장치를 풀고 싶지 않았다. 휠체어 바퀴를 꽉 움켜잡고 있었던 양손에 쥐가 날 지경이 되어서야 그는 상체를 세웠다.

또 한 번의 시도는 굼뜨지만 주도면밀했다. 배에 힘을 주고 손에 기를 몰아 점점 아래로 몸을 굽혀갔다. 그러다 만난, 땅바닥에 곰처럼 바싹 웅크리고 있는 검은 그림자에 놀라 그는 하마터면 소리를 지를 뻔했다.

땅바닥에 뭉개져 있는 검은 그림자도 미동이 없다.

잔뜩 주눅 들어 있는 듯한 그림자를 쓰다듬어주려는 듯 그는 몸을 수그렸다. 놀랄 것 없다네. 아직 문 닫을 시간이 되지 않았어. 그럴 필요 없다니까. 오늘 본 많은 도시들을 다 준다고 해도 바꾸고 싶지 않은 왕국을 이뤘잖아. 그는 꿈쩍도 않는 검은 그림자에게 대항하듯 세차게 고개를 흔들었다. 안 그런가? 그동안 내가 일군 것들에 비하면 새 발의 피야…… 새 발의 피도 안 되고말고…… 그럼. 안 되고말고……

후회랄 건 없네만, 잘못했어. 군산댁 말이야…… 아픈 다리 끌고 다니면서 음식 장사하는 것만은 그만두게 할 수도 있었는데. 나 혼자 사는 집이 얼마나 넓어. 방 세 개가 텅텅 비었는데. 주차장에 딸린 컨테이너 방에 자면서 집에 통 들어가지 않았잖아. 마누라도 없는 집에 혼자 들어가 뭘 하누.

그래 그래. 아직 늦지 않았다고. 돌아가면 군산집에 가서 국밥부터 먹자고…… 아니지, 아니지. 은행 옆에 좋은 횟집이 생겼잖아. 콜택시 불러서 두어 정거장만 가면 돼.

그날도 잘못했어. 근방에 고기집이 있었는데. 온종일 서서 일한 사람을 또 불판 앞에 세워두려고 했으니. 그마저도 그 망나니 아들놈 때문에 어그러졌지만 말야……

저런 저런…… 이제는…… 이제는 이 휠체어 때문에 전보다 흉한 모습을 보여줘야 되겠네……

기울어가는 하오의 검은 그림자와 이구동성으로, 같은 속도로 고개를 끄덕여가며 길고 긴 대화를 끝내고 나자 몸이 노곤했다. 소머리와 막창, 순대가 흥건한 국밥 한 그릇을 깨끗이 먹어치운 것처럼 포만감이 밀려왔다. 눈만 감으면 한숨 푹 잘 수 있을 듯했다. 그는 거칠게 숨을 몰아쉬며 서서히 몸을 일으켰다.

레고 도시들 위로 잔광이 내렸다. 그는 점퍼 호주머니에 무심히 손을 넣었다. 바퀴살 사이에서 어렵게 빼낸 레고 브릭이 만져졌다.

몸통 전체가 초록빛인 직육면체 레고 브릭을 손바닥에 올려두고 물끄러미 바라보았다. 휠체어로 뭉개어 망가뜨린 쓰레기통에서 빠져나왔을 것이라고는 믿기지 않게 깨끗하고 색이 선명했다. 그는 재미난 놀이를 발견한 양 자신의 왼손 가운뎃손가락 옆에 레고 브릭을 대보았다. 더하거나 뺄 것도 없이 딱 맞는 길이였다.

반평생 가위를 잡고 놀려 마디마디 옹이가 박힌 왼손 가운뎃손가락을 그는 오래 바라보았다. 풀꺾인 햇살 아래 그것은 초록색 플라스틱 조각보다 초라하고 볼품없었다.

다른 관람객들이 들어오기 전에 제자리를 찾아 끼워놔야 할 텐데…… 그는 주춤, 몸을 추슬렀다. 어느 방향으로 가야 작은아들과 만날 수 있을지 알 수 없지만 레고로 만든 펭귄 모양의 쓰레기통이라면 찾을 수 있을 듯했다. 갑자기 몸에 활기가 솟았다. 해가

지기 전, 아직은 할 일이 남아 있었다.

그는 두 손으로 우악스럽게 휠체어 바퀴를 돌리며 고개를 힘껏 쳐들어 하늘을 보았다.

기울 듯 말 듯, 얄궂은 햇무리가 하늘 가득 퍼져 있다.

작가의 말

　내 사주에 역마의 기운이 넘쳐 밖으로 나가면 좋다는 말을 많이 들었다. 굳이 역술인의 입을 통해 확인하지 않아도 나는 밖을 탐 (?)하는 것이 무던히도 좋다.

　미친년 널뛰듯 여행을 결정해버리는 일도 허다하다. 중요한 선약을 까마득히 잊은 채, 누군가 취소한 비행기표를 선뜻 잡아챈 적도 많다. 집을 나설 때는 오뉴월 개구리 뛰듯 팔딱이는 생이 어딘가에서 나를 기다리는 것만 같다.

　이국의 낯선 풍경들 속에서는 어느 순간 시공을 훅 벗어난 기분이 든다. 최근 삼 개월 간의 이란 여행에서는 야릇한 꿈을 수없이 꾸었다. 꿈속에서 나는 그 옛날 알렉산더가 점령한 땅 수사에서 알렉산더의 병사와 결혼한 점령지의 여자가 되기도 했다. 사막 한복판 천막 안에서 뜨거운 차를 끓이고 황야의 거친 들판을 하염없이 바라보며 모래바람에 긴 머리를 날리는 여자로 살았던 밤이 지

나면, 다음 날은 꿈속의 나와 닮은 여인의 집에 초대받아 가는 일이 생겼다. 테헤란에서 열두 시간 넘게 달려 아와즈로 가서 또다시 시외버스로 갈아타야 하는 수사로 향한 것부터가, 324년에 알렉산더의 신하와 병사가 그 지역의 처녀들과 집단결혼했다는 역사적 사실에 끌려서였다. 기원전 삼천 년경으로 추정되는 유물이 나온 땅을 내 발로 밟아보는 기쁨도 만끽하고 싶었다.

그러나, 밤이면 몸을 누일 곳을 찾아들어야 하는 것은 어느 하늘 밑이나 다르지 않았다. 밤을 새워 달리는 기차 안에서, 길 가다 만난 현지인의 집에서, 바가지를 씌우려고 작정한 심보 고약한 주인이 지키는 여관에서의 밤들은 즐겁거나 외로웠다. 전생에서 내가 베푼 친절에 대한 값이 아니라면 후생에서 만나 갚지요…… 선한 이의 집에 따라가 대가 없는 식사와 잠자리를 제공받을 때마다 속으로 되뇌었다. 때로는 방랑의 외로움이 달고 뜨거운 차로도 달래지지 않았기에, 따뜻한 스프가 끓고 있는 주방에 둘러앉은 가족 속으로의 초대는 눈물겹게 감사했다. 그럴 때면 어이없게도 구질구질한 살림살이들로 꽉 찬, 위층의 아이들이 뛰어대는 소음으로 종종 눈살을 찌푸리곤 했던 내 집이 그리웠다. 눈에 물린 식기들을 달그락거리며 식사를 준비하고, 치워도 매양 그대로라 지긋지긋한 집 안을 청소하며 유행가 가사를 흥얼거렸던 순간의 행복이……

내 첫 역마의 기억은 서울로의 이사를 감행한 엄마를 따라 여섯 시간 넘게 달리는 완행버스에 올랐던 열두 살의 봄이다.

자식 다섯을 키워 시집장가 보내고 이제는 시름 놓고 편히 살 일만 남았다고 여기던 순간에 루게릭을 맞아야 했던 엄마를 제대로 본 것은 캘리포니아 레고랜드에서이다. 점점 굳어져가는 몸을 휠체어에 싣고 이국의 거대한 놀이터에서 회전그네를 타며 햇살처럼 푸지게 웃던 엄마는, 넓은 땅에서 살고 싶다며 미국으로 터전을 옮긴 막내아들을 보는 일에 남은 생애를 걸었기에 그리도 행복했을까?

생전의 늙은 엄마는, 둘째아들이 그룹 지점장으로 가족 모두 중국에 가는 것을 안타까워했다. 막내아들이 돌이 갓 지난 손주를 데리고 미국에 가서 살겠다고 했을 때는 눈물까지 글썽이며 막고 싶어 했다. "서울에서 평생 살게 될 줄 나도 몰랐다. 자식들 공부 시켜놓고 돌아가려고 고향집과 논밭도 여지껏 남겨두고 살았구나……"로.

한번 떠나면 마음처럼 쉽게 고향에 돌아올 수 있는 게 아니라던 엄마의 말대로 남동생은 서울의 집을 팔아 미국에 집을 샀고, 둘째오빠는 명예퇴직을 하고도 돌아오지 않았다.

기질 때문이든, 필요에 의해서든 길에서 많은 날들을 보냈다.

길 위에서 만난 이들과, 해묵은 기억의 저장고 속에서 튀어나온 것들과의 조우를 펼쳐놓은 단편소설을 솎아 내놓는다. 생각해보면, 그 속에 세월이랄 수 있는 날들이 녹아 있다.

남은 나날, 마음자리도 역마를 꾀해 세상만사 두루두루 담을 줄 아는 넉넉한 품을 키우고 싶다.

2016년 초여름,
어린 날 떠나온 푸르른 들판이 사방으로 펼쳐진
객주문학관 창작실에서

윤순례

수록작품 발표지면

사바아사나 _ 2012년 아르코문학상 수상작

공중 그늘 집 _『한국소설』 2015년 4월호

북화의 백한 번째 생일을 위하여 _『문학의오늘』 2014년 겨울호

색, 스스로 그러한 _『예술가』 2015년 봄호

위험한 거래 _『월간문학』 2015년 11월호

발로 _〈문장웹진〉 2014년 12월

레고랜드를 가다 _『계간문예』 2008년 겨울호

공중 그늘 집

1판 1쇄 인쇄 2016년 6월 10일
1판 1쇄 발행 2016년 6월 17일

지은이 · 윤순례
펴낸이 · 주연선

책임편집 · 강건모
편집 · 이진희 심하은 백다흠 이경란 윤이든 강승현
디자인 · 이승욱 김서영 권예진
마케팅 · 장병수 김한밀 정재은 김진영
관리 · 김두만 유효정 신민영

(주)은행나무
04035 서울특별시 마포구 양화로11길 54
전화 · 02)3143-0651~3 | 팩스 · 02)3143-0654
신고번호 · 제 1997-000168호(1997. 12. 12)
www.ehbook.co.kr
ehbook@ehbook.co.kr

잘못된 책은 바꿔드립니다.

ISBN 978-89-5660-901-0 (03810)